잠자는 추억들

잠자는 추억들

Souvenirs Dormants

파트릭 모디아노 소설
김화영 옮김

Patrick Modiano

문학동네

일러두기

1. 주석은 모두 옮긴이주다.
2. 본문 중 고딕체는 원서에서 이탤릭체나 대문자로 강조한 부분이다.

차례

어느 날, 센강변 헌책 노점상 거리에서 『만남의 시간』이라는 책 제목이 내 눈길을 끌었다. 내게도 아주 먼 과거에 만남의 시간이 있었다. 그 시절 나는 자주 공허의 두려움을 느끼곤 했다. 내가 그런 어지럼증을 느끼던 것은 나 혼자 있을 때가 아니라 바로 그때 막 만나서 알게 된 어떤 사람들과 같이 있을 때였다. 나는 두려움에서 벗어나기 위해, 분명 저 사람들을 따돌릴 수 있는 기회가 있을 거야, 하고 속으로 혼잣말을 하곤 했다. 그런 인물들 중 몇몇은 정말이지 사람을 어느 지경까지 몰아갈지 도무지 알 수가 없었다. 비탈이 미끄러웠다.

우선, 일요일 저녁들에 대해 얘기할 수 있을 것 같다. 일요일이면 나는 겨울날 오후가 저물어 해가 넘어갈 때 기숙사로 돌아가본 사람이라면 누구나 느꼈을 불안감을 맛보았다. 그리고 그런 기분은 꿈속까지, 때로는 일생 동안 줄곧 계속된다. 매주 일요일 저녁마다 몇몇 사람이 마르틴 헤이워드의 아파트에 모였는데 나도 그 사람들 사이에 끼여 있었다. 그때 내 나이 스무 살이었고 그 자리가 썩 편안하게 느껴지지 않았다. 마치 내가 아직 중학생 신분이고, 기숙사로 돌아가지 않고 탈주해버리기라도 한 것처럼 새삼스레 어떤 죄의식이 밀려들었다.

정말이지 지금 당장 마르틴 헤이워드에 대해서, 그런 날 저녁이면 그녀의 주위에 모여 있던 잡다한 인물들에 대해서 말해야 할까? 아니면 시간 순서에 따라 설명하는 것이 좋을까? 잘 모르겠다.

열네 살 무렵, 나는 휴일이면 스쿨버스가 오를레앙 시문께에 우리를 내려주고 떠난 뒤 습관처럼 혼자 길거리를 이리저리 돌아다녔다. 부모님은 집에 없었다. 아버지는 사업에 바빴고 어머니는 피갈 지구에 있는 극장에서 연극 공연중이었다. 나는 그 해—1959년—토요일 저녁, 어머니가 무대에서 연기하는 동안 그 피갈 지구를 처음 둘러보며 알게 되었고 그후 십 년 동안 그곳을 자주 찾아갔다. 그럴 용기가 생기면 그곳에 대해 다른 자세한 이야기를 하겠다.

처음엔 혼자 돌아다니는 것이 두려웠지만 그런 두려움을 피하기 위해 나는 매번 같은 코스로 걸었다. 퐁텐가, 블랑슈광장, 피갈광장, 프로쇼가, 그리고 빅토르마세가를 지나 피갈가 모퉁이에 있는 빵집까지. 밤새도록 문을 여는 이상한 가게였는데 나는 종종 거기서 크루아상을 하나 샀다.

같은 해 같은 겨울, 학교에 가지 않는 토요일이면 나는, 지금은 이름을 잊어버려서 그냥 '스티오파 씨의 딸'이라고 부르려 하는 여자아이가 사는 스폰티니가의 건물 앞에 가 서서 망을 보았다. 나는 그 여자애를 알지 못했지만, 일요일이면 아버지와 스티오파 씨가 나를 데려가던 불로뉴숲 산책길에서 스티오파 씨가 하는 말을 듣고 그 집 주소를 알게 되었다. 스티오파 씨는 아버지가 자주 만나던 친구로 러시아 사람이었다. 키가 크고 윤이 나는 갈색 머리였다. 그는 목깃에 모피가 둘린 낡은 외투를 입고 있었다. 역경을 두루 겪은 인물이었다. 저녁 여섯시경, 우리는 그가 사는 하숙집까지 그를 바래다주었다. 그는 자기 딸이 내 또래라면서 한번 만나봐도 좋을 거라고 했다. 그애는 자기 어머니와 어머니의 새 남편과 함께 살고 있어서 그는 딸을 더이상 만나지 않는 눈치였다.

그해 겨울 토요일 오후면 피갈 지구의 극장 분장실로 어머니를 찾아가기 전에 나는 스폰티니가에 있는 그 건물 앞에 가 버티고 서서, 검은 철세공 창살을 유리 부분에 댄 큰 대문이 열리고,

내 또래의 여자애, '스티오파 씨의 딸'이 나타나기를 기다렸다. 나는 그녀가 혼자일 것이고 내 쪽으로 걸어올 테니 아주 자연스럽게 그녀에게 말을 걸 수 있으리라 확신했다. 그러나 그녀는 한 번도 건물 밖으로 나오지 않았다.

스티오파 씨가 그녀의 전화번호를 내게 알려주었었다. 누군가 전화를 받았다. 내가 말했다. "스티오파 씨의 따님과 통화하고 싶습니다." 침묵. 나는 나를 "스티오파 씨 친구의 아들"이라고 소개했다. 그녀의 목소리는 마치 우리가 오래전부터 아는 사이라도 되는 듯 낭랑하고 친근했다. "다음주에 다시 전화해줘. 그때 약속을 정하자. 좀 복잡한데…… 나는 아버지 집에 살고 있는 게 아니라서…… 나중에 다 설명해줄게……" 그녀가 말했다. 그러나 다음주에도, 그해 겨울 다른 주일에도 전화를 걸었지만 아무도 응답하지 않았다. 토요일 날 피갈 지구 쪽으로 가는 전철을 타기 전에 나는 스퐁티니가의 그 건물 앞에서 두세 번쯤 망을 보았다. 헛수고였다. 아파트 대문에 달린 초인종을 눌러볼 수도 있었겠지만 전화를 걸었을 때처럼 아무도 응답하지 않을 것 같았다. 그리고 그해 봄부터는 스티오파 씨와 같이 불로뉴숲을 산책하는 일도 없었다. 아버지와도 마찬가지였다.

나는 오랫동안, 진정한 만남은 오직 길거리에서만 이루어진다고 굳게 믿어왔다. 바로 그런 이유 때문에 나는 스티오파 씨의 딸과 아는 사이도 아니면서 그녀가 사는 건물 맞은편 인도에서 그녀를 기다렸던 것이다. "나중에 다 설명해줄게……" 그녀가 전화로 내게 말했었다. 또 어떤 날엔 점점 더 멀어지는 목소리가 내 꿈속에서 그렇게 말했다. 그렇다, 내가 그녀를 만나고 싶어했던 것은 그녀가 내게 '설명'을 해주길 바랐기 때문이다. 어쩌면 그 설명을 통해 나의 아버지를, 불로뉴숲의 오솔길들을 따라 내 옆에서 말없이 걸어가던 그 미지의 인물을 좀더 이해해볼 수 있을지도 몰랐다. 그녀, 스티오파 씨의 딸과 스티오파 씨 친구의 아들인 나, 우리는 필시 어떤 공통점을 가지고 있었다. 그리고 그녀는 그 점에 대해 나보다 좀더 많은 것을 알고 있다고 나는 확신했다.

같은 시기에, 아버지는 당신 사무실의 반쯤 열린 문 뒤에서 전화 통화를 했다. 그가 내뱉는 몇 마디가 내 궁금증을 불러일으켰었다. "암시장의 러시아인들 패거리." 사십 년 가까운 세월이 지난 뒤 나는 러시아인들 이름이 적힌 명단을 보게 되었다. 독일 점령시대 파리 암시장의 도매 밀매꾼들 명단이었다. 샤포시니코프, 쿠릴로, 스타모글루, 볼프 남작, 메셰르스키, 자파리제……스티오파 씨는 그들 중 하나였을까? 그리고 가짜 신분증을 가지고 러시아인으로 위장했던 아버지는? 나는 이 의문들이 아득한 태곳적 시간 속으로 대답 없이 사라져버리기 전에 마지막으로 혼자 이 질문들을 던져보았다.

열일곱 살 무렵, 나는 미레유 우루소프라는 여자를 만났다. 그녀 역시 러시아 성씨를 가지고 있었는데, '영사'라고 불리던 그녀의 남편 에디 우루소프의 성을 따른 것이었고, 남편과 스페인의 토레몰리노스 근처에 살고 있었다. 그녀는 랑드 지방 출신의 프랑스인이었다. 모래언덕들, 소나무숲, 대서양의 인적 없는 바닷가, 9월의 햇살 좋은 어느 날…… 나는 그녀를 1962년 겨울 파리에서 처음 만났었다. 나는 열이 39도나 되는 상태에서 오트사부아 지방에 있는 중학교를 뛰쳐나와 파리행 기차에 올랐고, 자정 무렵 어머니의 아파트로 와서 몸을 던졌다. 어머니는 집에 없었고, 집 열쇠는 미레유 우루소프에게 맡겨둔 상태였다. 미레유 우루소프는 스페인으로 돌아가기 전 몇 주 동안 그 집에서 지내고 있었다. 내가 초인종을 누르자 그녀가 문을 열었다. 아파트는 버려둔 집 같았다. 가구라고는 브릿지게임용 탁자 하나와 현관에 놓인 정원용 의자 둘, 강둑 쪽으로 난 방 한가운데에 큰 침대 하나, 그리고 어릴 적 내가 자던 그 옆방에 테이블 하나, 천조각들과 양재점용 마네킹, 옷걸이에 걸린 드레스와 이런저런 옷가지들이 전부였다. 천장등이 흐릿한 불빛을 던지고 있었다. 전구 대부분이 못 쓰게 되어서 불이 들어오지 않았던 것이다.

아파트에 그 흐릿한 불빛이 고여 있던, 그리고 OAS*의 테러가 자주 일어나던 어느 이상한 2월이었다. 미레유 우루소프는 겨울 스포츠를 즐기고 돌아오는 길이라며 어느 산장 발코니에서 친구들과 찍은 사진들을 내게 보여주었다. 그중 한 장은 제라르 블랭이라는 배우와 찍은 것이었다. 그녀는 그가 열두 살 때부터 부모의 허락 없이 영화에 출연했다고 말해주었다. 그는 부모 없이 홀로된 아이였기 때문이다. 나중에 그가 출연한 영화 몇 편을 봤는데, 주머니에 손을 찔러넣고 마치 내리는 비를 막기라도 하는 듯 어깨를 웅크리고 고개를 약간 숙인 모습이 한시도 쉬지 않고 걸어온 사람 같아 보였다. 나는 하루의 대부분을 미레유 우루소프

---

* 1961년부터 1962년까지 식민지 알제리에서의 철수를 반대하며 알제리와 프랑스 본토에서 각종 테러를 자행한 프랑스 극우 성향의 비밀 군사 조직.

와 함께 보냈다. 우리가 집안에서 식사를 하는 경우는 많지 않았다. 가스가 끊겨서 알코올버너에 음식을 조리해야 했다. 난방도 되지 않았다. 그러나 방의 벽난로에는 아직 장작이 좀 남아 있었다. 어느 날 아침 우리는 오데옹극장 쪽에 가서 두 달이나 밀린 전기요금을 납부했다. 앞으로 밤에 촛불을 켜놓고 지내게 될 것 같아서였다. 우리는 거의 매일 저녁 외출했다. 그녀는 자정 무렵 아파트 바로 옆에 있는 생페르가의 카바레로 나를 데리고 갔다. 공연은 이미 끝난 지 오래였다. 일층 바에는 손님들 몇이 남아 있었고, 모두가 서로 잘 아는 사이인 듯한 그들은 나직한 목소리로 이야기를 주고받았다. 우리는 거기서 그녀의 남자 친구를 만나곤 했다. 이름이 자크 드 바비에르de Bavière(혹은 드바비에르 Debavière)인가 하는 그는 스포티한 인상의 금발머리로, 그녀는 그가 "파리와 알제를 오가는" "기자"라고 말해준 적 있었다. 그녀가 가끔 밤에 집을 비울 때면 폴두메르대로의 원룸아파트에 사는 그 자크 드 바비에르(혹은 드바비에르)를 만나러 갔겠거니 짐작했다. 나는 어느 날 오후 그녀와 함께 그의 원룸아파트에 갔다. 그녀가 거기에 손목시계를 두고 왔기 때문이었다. 자크 드 바비에르는 나가고 없었다. 그는 전에 두세 번 워싱턴가 샹젤리제대로 쪽에 있는 식당인 사막의 장미로 우리를 초대한 적이 있었다. 오랜 시간이 지난 뒤, 나는 생페르가의 카바레와 사막의 장미가 당시 알제리전쟁과 관련된 무슨 비밀경찰 요원들이 드나드는 업소들이었다는 것을 알게 되었다. 그래서 나는 그런 우연의 일치로 보아 자크 드 바비에르(혹은 드바비에르)가 그 조직 소속이 아니었을까 하고 자문해보았다. 70년대의 또다른 어느 겨울날 저녁 여섯시경, 나는 조르주생크 지하철역 입구로 막 내려가다가 약간 늙었지만 자크 드 바비에르가 아닌가 싶은 어떤 남자가 역에서 나오는 것을 보았다. 나는 발길을 돌려 그의 뒤를 따라갔다. 그에게 미레유 우루소프의 소식을 물어보고 싶어서였다. 그녀는 여전히 '영사'라는 그의 남편 에디와 같이 토레몰리노스에 살고 있을까? 그는 롱푸앵* 쪽으로 걸어내려가고 있었는데 다리를 약간 절었다. 나는 카페 마리냥의 테라스 근처에서 걸음을 멈추고 그가 사람들 무리 속으로 사라질 때까지 눈으로 좇았다. 나는 왜 그에게 다가가서 말을 걸지 않았을까? 그런데 그는 과연 나를 알아보았을까? 나는 이런 질문들에 대답할 수 없다. 나에게 파리는 지하철역들만큼이나 수많은, 어쩌다가 전광노선도의 버튼을 누르면 반짝반짝 불이 켜지는 그 모든 점들만큼이나 수많은 유령들이 흩어져 있는 곳이다.

미레유 우루소프와 나는 자주 루브르역에서 전철을 탔다. 지

* 샹젤리제대로 중간의 원형교차로와 그 인근 지역.

금은 얼굴도 잊어버린 그녀의 친구들을 만나러 파리의 서쪽 동네로 가기 위해서였다. 지금 내 머릿속에 또렷이 남아 있는 것은 내가 그녀와 함께 퐁데자르 다리를 건너간 다음 생제르맹로제루아성당 앞 광장을 가로지르고, 또 어떤 때는 우리 아파트를 비추던 흐릿한 불빛처럼 흐릿한 파출소의 불빛이 저 안쪽에 노랗게 비치는 루브르궁 안뜰을 건너질러가던 기억이다. 옛날 우리집 내 방에는 오른쪽 큰 창문 가까이 세워둔 책장에 책들이 있었다. 지금 와서 생각해보면, 모든 것이 다 사라져버린 마당에 그 무슨 기적으로 그 책들은 거기 남아 있었는지 궁금하다. 1942년 어머니가 처음 파리에 도착했을 때 읽던 책들이었다. 플랑드르어로 쓰인 한스 팔라다의 소설들, 그리고 나의 것이었던 『신비의 화물선』 『브라즐론 자작』 등 몇 권의 녹색 청소년 문고*……

오트사부아 지방의 학교에서는 내가 사라진 것 때문에 마침내 걱정하기 시작했다. 어느 날 아침, 전화벨이 울렸고 미레유 우루소프가 받았다. 기숙학교 교장이자 의전사제인 자냉 씨가 내 소식을 물었다. 내 소식을 듣지 못한 지 이 주나 되었던 것이다.

그녀는 교장에게 "몸이 좀 아프다"고—독감이라고—대답하

* 1852년부터 출간된 아셰트출판사의 청소년 문고로, 감성소설은 분홍색, 모험소설은 녹색 표지였다.

고 나중에 내가 "학교로 돌아갈 수 있는" 정확한 날짜를 알려주겠다고 말했다. 나는 그녀에게 솔직하게 물었다. 내가 그녀와 함께 스페인으로 떠날 수 있을까? 미성년자가 국경을 통과하려면 부모의 허가서가 필요했다. 미레유 우루소프는 내가 미성년자라는 사실이 문득 몹시 염려스러웠는지, 그 점에 대해 자크 드 바비에르에게 의견을 물어보고 싶다고 했다.

하루 중 내가 가장 좋아하는 시간은 겨울철 파리의 아침 여섯 시에서 여덟시 반 사이, 아직은 어둑한 시간이었다. 해가 뜨기 전의 휴지기. 시간은 멈춘 듯했고, 평소보다 더 마음이 가볍게 느껴졌다.

카페들이 문을 열고 첫 손님을 맞이하는 시간에 나는 파리의 여러 카페에 드나들었다. 1964년 겨울, 아직은 너무나 어두워서 무슨 희망이든 품어도 될 것 같은 그 새벽의 카페들—나는 그렇게 불렀다—중 한 곳에서 준비에브 달람이라는 여자를 만나곤 했다.

그 카페는 13구 라가르드대로 끝자락의 나지막한 건물들 가운데 한 곳의 일층에 자리잡고 있었다. 지금은 그 대로의 이름이 바뀌었고*, 또 이탈리광장에 이르기까지 그 대로의 홀수 번지 쪽 집들과 작은 건물들은 모두 헐렸다. 어떤 때는 그 카페 이름이 바 베르(녹색 바)였던 것 같다가 또다른 때는 마치 조금 전 꿈속에서 들었는데 깨어보니 통 생각이 나지 않는 단어들처럼 기억이 흐릿해진다.

준비에브 달람이 언제나 제일 먼저 와 있어서, 내가 카페 안으로 들어서면 저 안쪽 늘 같은 테이블 앞에 앉아 펼쳐놓은 책 위로 고개를 숙이고 있는 그녀의 모습이 보였다. 그녀는 밤에 겨우 네 시간 정도밖에 못 잔다고 내게 말했다. 그녀는 그 대로의 조금 아래쪽에 있는 폴리도르 스튜디오에서 사무원으로 일하고 있었다. 그래서 우리는 그녀가 사무실에 출근하기 전에 그 카페에서 만나는 것이었다. 나는 그녀를 조프루아생틸레르가에 있는 어느 오컬트 전문 서점에서 우연히 만났었다. 그녀는 그 학문에 관심이 대단했다. 나 역시 그랬다. 그러나 무슨 교의에 빠져들거나 영적 지도자의 제자가 되기 위해서는 아니었고, 단순히 신비에 대한 취미 때문이었다.

서점 밖으로 나와 보니 날이 저물고 있었다. 그런데 겨울철 그 시간이면 아직 어둑한 이른 아침과 같은 어떤 가벼움의 감각이

* 1976년 뱅상오리올대로로 바뀌었다.

밀려들었다. 그후부터 파리 5구의 그 모든 지역과 거기서 멀찍이 떨어진 변두리 라가르대로가 나에게는 준비에브 달람과 관련된 곳으로 기억될 것이었다.

여덟시 반경, 우리는 지상철의 고가철도가 놓인 대로의 중앙 분리대를 따라 그녀의 사무실까지 걸어갔다. 나는 폴리도르 스튜디오에 관해 그녀에게 여러 가지 질문을 했다. 나는 그때 막 작사가, 작곡가, 제작자 협회의 모집 시험에 '작사가'로 응시해 합격한 참이어서 협회 등록을 위해 '추천인'이 필요했다. 샹송 작사가이자 오케스트라 단장 겸 피아니스트인 에밀 스테른이란 사람이 추천인이 돼주기로 했다. 그는 이십오 년 전 폴리도르 스튜디오에서 에디트 피아프의 첫 음반 프로듀싱을 맡은 사람이었다. 나는 준비에브 달람에게 혹시 폴리도르 스튜디오 자료실에 그 흔적이 남아 있는지 물었다. 어느 날 아침 카페에서 그녀가 내게 봉투 하나를 건네주었는데, 그 속에 나의 '추천인' 에밀 스테른이 프로듀싱했던 에디트 피아프의 옛 녹음 파일들이 들어 있었다. 그녀는 나를 위해 그걸 훔친 것 때문에 심리적으로 상당히 동요한 것 같았다.

처음에 그녀는 자기가 어디 사는지 나에게 가르쳐주기를 망설였다. 내가 물었을 때 그녀는 "호텔에"라고 대답했었다. 우리가 서로 알고 지낸 지 이 주쯤 되었던 어느 날 저녁, 내가 마리안 베르뇌유의 『오컬트 실용 사전』과 비교秘敎를 다룬 소설 『어느 천사를 추억하며』를 선물하자 그녀는 내게 그 호텔까지 함께 가자고 제안했다.

호텔은 고블랭 지구와 13구의 가장자리인, 몽주가 저 아래쪽에 있었다. 이제 거의 반세기가 지나, 전후부터 60년대까지 흔히 그랬던 것처럼 파리의 호텔방에 거주하는 사람은 더이상 없다. 준비에브 달람은 내가 알기로는 호텔방에 거주하는 마지막 사람이었을 것 같다. 또한 1963년과 1964년 그 시기 동안, 낡은 세계는 곧 철거 예정인 시 외곽 변두리 동네의 모든 가옥들과 건물들처럼 붕괴되기 전에 마지막 숨고르기를 하고 있었던 것 같다. 당시 아주 젊었던 우리에게는 옛적의 도시 풍경 속에서 살아갈 몇 달 동안의 날들이 남아 있었던 셈이다. 몽주가의 호텔을 떠올리면 나는 나이트 테이블에 놓여 있던 배 모양의 스위치와, 준비에브 달람이 매번 사납게 휙 당겨서 닫곤 하던 검은색 커튼이, 전쟁이 끝난 뒤에도 여전히 바꾸지 못한 채였던 그 수동적 자기 방어수단인 커튼이 기억난다.

우리가 알고 지낸 지 몇 주가 지나 그녀가 자신의 남동생을 내게 소개했다. 그때까지는 남동생에 대해 한 번도 이야기한 적이 없었다. 전에 나는 두세 차례 그녀의 가족에 대해 더 알려고 해보았지만 그녀가 대답해주지 않고 주저하는 것 같아서 더이상 고집하지는 않았었다.

어느 날 아침, 내가 라가르대로의 카페에 들어서자, 그녀는 평소에 앉던 테이블 앞에 앉아 있었는데 맞은편에 내 또래의 흑갈색 머리 남자가 함께 앉아 있었다. 나는 장의자의 그녀 옆자리에 앉았다. 남자는 표범 털이라도 넣었는지 어깨 부분이 두둑한, 지퍼 달린 점퍼를 입고 있었다. 그가 내게 미소를 짓더니 그 가게의 단골인 양 큰 소리로 그로그 한 잔을 주문했다.

준비에브 달람이 내게 말했다. "내 동생이야." 그리고 나는 난처해하는 그녀의 표정을 보고 그가 예고 없이 불쑥 그녀를 찾아왔다는 것을 알 수 있었다.

그가 나에게 "무슨 일을 하느냐"고 물었고 나는 대답을 얼버무렸다. 그러자 그가 마치 내 대답이 도움이 되기라도 했다는 듯이 뜻밖의 질문을 했다. "파리에 사시나요?" 나는 그가 죽 파리에 살았던 것은 아니라는 생각을 했다. 준비에브 달람은 자신이 보주 지방의 어느 도시에서 태어났다고 내게 말했었다. 나는 그 도시가 에피날이었는지 생디에였는지 잘 기억나지 않는다. 나는 그녀의 동생이 밤 열한시경, 그 두 도시 중 어느 한 도시의, 그때까지 유일하게 문을 연 역 근처 어느 카페의 테이블에 앉아 있는 모습을 상상해보았다. 그는 아마도 가짜 표범 가죽으로 만든 품이 너무 큰 그 점퍼를 입고 있고, 파리의 거리에서는 전혀 눈에 띄지 않는 그 점퍼가 그곳에서는 사람들의 이목을 끈다. 그는 마지막 당구게임이 벌어지고 있는 그곳에 싸구려 맥주잔을 앞에 두고 멍한 시선을 던지며 혼자 앉아 있었다.

그가 준비에브 달람을 사무실까지 배웅해주고 싶어해서 우리는 대로의 중앙분리대를 따라 걸었다. 그녀는 그가 옆에 있는 것이 점점 더 불편하게 느껴지는지 그에게서 얼른 벗어나고 싶어하는 눈치였다. 내 느낌이 사실로 드러난 것은 그가 그녀에게 여전히 몽주가의 호텔에서 살고 있느냐고 물었을 때였다. "다음주에 호텔에서 나갈 거야." 그녀가 그에게 말했다. "오퇴유 쪽에 다른 호텔을 찾았거든." 그는 기어코 그 호텔 주소를 알아내려 했다. 그녀는 그가 그렇게 물을 줄 예견이라도 한 듯 그에게 미켈앙주가의 번지를 알려주었다. 그는 점퍼 안주머니에서 검은 가죽 수첩을 꺼내더니 그 주소를 적었다. 그러고 나서 그녀는 폴리도르 스튜디오 앞에서 우리와 헤어지면서 은밀한 공모의 신호로 살짝 고갯짓하며 내게 말했다. "그럼 이따가 봐."

그리하여 나는 표범 가죽 점퍼 차림의 그 작자와 단둘이 남게 되었다. "어디 가서 한잔하죠." 그가 단호한 어조로 말했다. 눈이 내리기 시작했다. 눈송이는 거의 빗방울처럼 아주 축축했다. "시간이 없는데요. 약속이 있어서 가봐야 해요." 나는 대답했다. 하지만 그는 여전히 내 옆에서 걷고 있었다. 나는 몇백 미터 떨어진 슈발르레 전철역 입구까지 뛰어서 그를 따돌리고 싶었다. "준비에브를 안 지 오래되었나요? 마법이니 신령의 힘으로 움직이는 테이블이니 하는 얘기로 당신을 귀찮게 하지는 않나요?" "전혀 아닌데요." 그는 나에게 이 동네에 사느냐고 물었다. 분명 그는 내 주소를 알아내 자신의 검은 수첩에 적어두고 싶은 것이었다. "파리 밖에 살아요." 내가 대답했다. 나는 그렇게 거짓말을 하는 것이 조금 맘에 걸렸다. "생클루에요." 그가 수첩을 꺼냈다. 나는 아나톨프랑스대로였는지 로맹롤랑대로였는지 생각나는 대로 주소를 지어낼 수밖에 없었다. “전화번호도 있지요?” 나는 어디 지역번호를 댈지 잠시 망설이다가 “발도르”라고 대답하고 뒤의 네 자리 번호를 불러주었다. 그는 꼼꼼하게 받아 적었다. “나는 연기 학원에 다니고 싶어요. 혹시 아는 데 있어요?” 그가 나를 빤히 쳐다보았다. “내가 무대에 설 만한 신체 조건을 갖췄다고들 하더라고요.” 그는 키가 크고 상당히 번듯한 얼굴에 검고 구불구불한 머리였다. “그런데 말이죠, 파리에 연기 학원은 차고 넘치도록 많아요.” 그는 뜻밖이라는 표정이었다. 아마도 ‘차고 넘친다’는 표현 때문인 것 같았다. 그는 더 거세지는 눈발을 피하려는 듯 가짜 표범 가죽 점퍼의 지퍼를 목까지 당겨 올리고 목깃을 세웠다. 나는 마침내 전철역 입구가 있는 곳에 이르렀다. 나는 그가 계속 따라와서 더이상 그를 따돌리지 못하게 되면 어쩌나 겁이 났다. 그에게 작별인사를 하지도, 뒤를 돌아보지도 않고 계단을 내려갔고, 승강장에 막 발을 내딛는 순간, 자동 개폐문이 닫혔다.

준비에브 달람은 내가 그의 동생을 대하는 태도에 놀라지 않았다. 따지고 보면 그녀도 그에게 가짜 호텔 주소를 주지 않았던가? 그녀는 그가 돈을 요구하러 카페에 온 거라고 내게 설명했다. 물론, 그는 우리가 아침 일찍 드나들던 그 카페와 그녀의 직장 위치를 알고 있었지만, 그녀는 사람을 따돌리는 건 쉽다고 내게 말했다. 나는 그녀처럼 낙관적으로 보지 않았다. 그녀는 아주 침착한 목소리로 자기 동생은 결국 보주 지방으로 돌아가서 전처럼 온갖 "잔꾀"—이것이 그녀의 표현이었다—를 부리며 살아갈 거라고 덧붙였다. 여러 날이 지났지만 그의 소식은 들리지 않았다. 그렇다, 아마도 그는 보주 지방으로 돌아간 것 같았다.

상당 기간 동안 나는 준비에브 달람의 동생이 어느 전화박스에 들어가 발도르 지역번호와 나머지 네 자리 번호를 돌려보지만 아무도 응답하지 않거나, 아니면 "잘못 거셨습니다" 같은 단호한 대답을 듣게 되는 장면을 상상해보곤 했다. 그리고 전철을 타고서 생클루까지 센강을 건너가는, 그 가짜 표범 가죽 점퍼를 입은 그를 그려보기도 했다. 그해 겨울 추위는 어지간히도 혹독했으므로 내 상상 속 그는 목깃을 세운 채 있지도 않은 거리를 찾아 걸어가고 있었다. 그렇게 끝없이.

준비에브 달람은 정기적으로 어떤 여자를 찾아갔다. 그녀가 친구로 여기는, 그녀의 말로는 오컬트에 정통한 여자였다. 그녀는 그 여자에게 우리의 만남에 대해 이야기했고, 내가 마리안 베르뇌유의 『오컬트 실용 사전』과 『어느 천사를 추억하며』라는 소설책을 자신에게 선물했다는 이야기도 했다. 어느 날, 그녀는 내게 그 마들렌 페로라는 여자의 집에 같이 가보자고 했다. 잘 떠오르지 않는 이름이었다. 그러나 조금만 노력하면 우리의 머릿속에서 눈雪과 망각의 얇은 층에 덮여 있던 그런 이름들이 되살아나는 법이다. 맞다, 마들렌 페로다. 그러나 어쩌면 성 말고 이름은 잘못 기억하고 있는지도 모른다.

그 여자는 발드그라스가 9번지 초입에 살고 있었다. 그때 이

후 나는 정원으로 통하는 그 철책문 앞으로 자주 지나다녔다. 정원은 커다란 창문들이 난 건물 세 채에 둘러싸여 있었다. 심지어 나는 이 주 전에도 우연히 그 앞에 간 적이 있었다. 준비에브와 내가 그 철책문을 넘어서던 바로 그 시각에 말이다. 겨울날 오후 다섯시, 어둠이 내리고 벌써 창문들에 불빛이 보이는 때였다. 영원회귀라고 부를 수 있을 어떤 현상에 의해서인지, 아니면 그저 내 생애의 한 시기에 시간이 멈춰 있기 때문인지 모르겠으나, 확신하거니와 나는 과거로 돌아와 있었다.

마들렌 페로는 사십 세쯤 된, 갈색 머리의 여자였다. 틀어 올린 머리에 눈이 맑았고, 고개를 꼿꼿이 세운 모습과 걸음걸이가 과거의 무용수 같았다. 준비에브 달람은 그 여자를 어떻게 알게 되었을까? 처음에는 요가 교습을 받으러 그 여자의 집에 간 것 같지만, 그 여자를 내게 소개해주기 전에 그 여자를 두고 '페로 박사'라고 말했던 기억도 난다. 의사 개업을 했던 걸까? 그 모든 것이 오십여 년 전 일이고, 또 나는 사실 그 반세기 동안 내가 마주쳤던 그 모든 사람에 대해 특별히 의문을 가져보지 않았다. 그저 잠깐 동안의 만남들이었다.

그녀가 내게 그 여자를 소개한 날부터 나는 그녀와 함께 여러 번 오후 다섯시에, 그리고 목요일마다 마들렌 페로의 집으로 갔다. 그 여자는 말없이 긴 복도를 따라 우리를 거실로 인도했다.

커다란 창문 두 개가 정원 쪽으로 나 있었고 준비에브 달람과 나는 그 창문들 앞 붉은 소파에, 마들렌 페로는 두 다리를 꼬고 등을 아주 꼿꼿이 세운 채 쿠션의자에 앉았다. 우리가 처음 만났을 때 그녀는 거의 쉰 듯한 낮은 목소리로 나에게 학생이냐고 물었고 나는 사실대로 "아뇨, 학생이 아닙니다"라고 대답했다. 나는 단지 군복무를 미루기 위해 소르본대학에 등록은 했지만 강의는 한 번도 듣지 않았다. 나는 유령 학생이었다. 그녀는 내게 직업이 있는지 알고 싶어했다. 그래서 나는 몇몇 서적상을 위해 일하면서 대충 생활비를 벌고 있다고 말했다. 썩 마음에 드는 상거래 용어는 아니지만, '서적 중개'라고 부를 수 있는 일이었다. 그리고 나는 샹송 작사를 하기 위해 작사가, 작곡가, 음악 제작자 협회에 가입한 회원이었다. 그게 다였다. "그럼 부모님은요?" 나는 그제야 문득 내 또래라면 정신적, 정서적, 물질적 도움을 줄 부모가 있을 수 있다는 생각을 하게 되었다. 아뇨, 부모님은 없습니다. 그 대답이 너무나도 간략했기 때문에 그 여자는 혹시 더 있을지도 모르는 다른 가족들에 대해서는 더이상 물으려고 하지 않았다. 나와 관련된 질문들에 거침없이 대답해본 것은 그때가 처음이었다. 그전까지 나는 그런 질문을 피해왔다. 질의응답이라면 형태를 막론하고 본능적인 경계심이 일었기 때문이다. 아마도 그날 저녁 나는 마들렌 페로의 눈길과 목소리 때문에 마음이 풀어졌던 것 같다. 누군가 내 말에 귀를 기울여주고 있다는 느낌, 마음이 놓이는 일종의 진정제 같은 눈길과 목소리, 내게는 익숙지 않은 것이었다. 그녀는 침술가가 혈자리를 잘 찾듯이 내게 적절한 질문을 했다. 하기야 준비에브 달람이 몇 번이나 그녀를 '페로 박사'라고 부르지 않았던가? 그리고 또 그 거실의 조용함, 정원 쪽으로 난 두 개의 커다란 창문, 창문 사이에 놓여 어둑한 부분을 남겨두는 전기스탠드의 조명 같은 것도 그 분위기에 한몫했다. 그 고요함 때문에 내가 지금 정말 파리에 있는 것이 맞나 싶었다. 나는 하루 대부분의 시간을 밖에서, 길거리와 카페, 전철, 호텔방, 영화관 같은 공공장소에서 보냈다. 그래서 '페로 박사'의 아파트는 그런 모든 것과 대조적이었다. 특히 겨울에는, 오늘날 겨울보다 훨씬 더 혹독했던 것 같은 60년대 초반의 겨울에는 더욱 그랬다. 솔직히 말해서 '페로 박사'의 집에 처음 갔을 때, 나는 속으로, 그녀의 아파트에서 추위와 겨울로부터 보호받으면서 그녀가 그토록 나직하고 그토록 조용한 목소리로 내게 던지는 질문들에 대답하게 된다면 마음이 푹 놓일 것 같다고 생각했다.

마들렌 페로의 집에서 나는 거실 저 안쪽의 나지막한 책장 선반에 꽂혀 있는 책들을 쭉 한번 훑어보기로 했다. 나는 그 여자에게, 분별없이 행동하고 싶지는 않지만 그래도 '직업적인' 차원에서 호기심이 생긴다고 말했다. "흥미로운 책이 있으면 꺼내보세요." 그녀가 미소 지으며 내게 권했다. 오컬트에 관한 저작들이었다. 내가 준비에브 달람에게 주었던, 십여 년 전에 나온 소설 『어느 천사를 추억하며』도 있었다. "당신이 그 소설을 알고 있다니 뜻밖이었어요." 마들렌 페로가 말했다. 마치 그 책이 그녀에게는 단순한 독서 이상으로 명확한 무엇인가를, 자신의 삶과 관련된 무엇인가를 상기시킨다는 듯이.

나는 그 책을 책장에서 꺼내 별생각 없이 펼쳐보았다. 면지에 헌정사가 적혀 있었다. "너에게, 천사들을 기억하며, 므제브, 르 모베파*에서. 이렌." 푸른색 잉크로 굵직하게 쓴 글씨였다. 그 여자는 내가 그 헌정사를 읽었다는 것을 알아차리고 난처해하는 것 같았다. "아름다운 소설이죠." 그녀가 내게 말했다. "하지만 두 분에게 읽어보라고 권하고 싶은 다른 책들이 있어요." 그 여자가 덧붙인 이 말은 어조가 사뭇 고압적이었다. 어느 날 저녁, 그 여자는 빨간 소파 위 준비에브 달람과 나 사이에 책 한 권을 내려놓았다. 책의 제목은 『훌륭한 사람들과의 만남』이었다. 그 제목과 '만남'이라는 단어는 오십 년도 더 지난 오늘 갑자기, 지금까지 머릿속을 한 번도 스치지 않았던 어떤 세세한 것에 대해 생각하게 한다. 나는 내 또래의 많은 사람들과 달리, 그 당시 대학 강단을 주름잡던 네댓 명의 사상적 스승들을 만나려고 하거나, 그래서 그들 중 어떤 인물의 제자가 되어보려고 애써본 적이 한 번도 없다. 왜 그랬을까? 나는 유령 학생으로 모종의 고독과 혼란 속에서 살아가는 처지였으니 어떤 길잡이 쪽으로 관심이 쏠리는 게 아주 자연스러웠을 터인데 말이다. 그런 스승들 가운데 딱 한 사람이 기억나는데, 어느 날 밤늦은 시간에 콜리제가에서 그와 마주친 적이 있어서다. 그 사람이라면 오히려 에콜가**

* 프랑스어로 통과하기 어렵거나 위험한 장소, 즉 '난국'을 의미한다.

에서 마주치는 게 더 어울렸을 것이다. 나는 그의 비틀거리는 걸음걸이, 두 눈에 가득한 슬픔과 불안을 보고 놀랐다. 그는 길을 잃은 것 같았다. 나는 그가 청하는 대로 그의 팔을 붙잡고 가장 가까운 택시정류장까지 안내해주었다.

나는 곧 '페로 박사'가 준비에브 달람에게 영향력을 행사하고 있음을 간파했다. 어느 날 저녁 우리가 정원을 가로질러 마들렌 페로의 집밖으로 나섰을 때 그녀는 마들렌 페로가 '마법'을 수련하는 어떤 '그룹'—모종의 비밀 단체—에서 활동하고 있다고 내게 말했다. 그녀는 그 방면에 별로 아는 것이 없어서 자세하게는 말할 수 없다고 했다. 마들렌 페로는 그 그룹에 대해 암시하긴 했지만 아마도 본론으로 들어가기 전에 그녀의 반응을 떠보려는 듯 늘 모호하게 표현할 뿐이었다. 그러나 준비에브 달람은 내게 말하는 것보다 실제로는 더 많은 것을 알고 있는 눈치였다. 특히 그녀가 갑자기 내게 "페로 박사한테 그 얘길 좀 해보지그래" 하며 부추길 때가 그랬다. 우리는 생자크뒤오파성당에 좀 못 미처 긴 담장을 따라 걷고 있었다. "그래, 페로 박사한테 그 얘길 해보는 게 좋겠어." 그녀가 반복해서 강조하는 것이 놀라웠다. "그

** 프랑스 최고 석학들의 명성 높은 공개 강의를 들을 수 있는 '콜레주 드 프랑스'와 소르본대학 등이 위치해 있다.

여자랑 알고 지낸 지 오래됐어?" 나는 그녀에게 물었다. "오래되진 않았어. 어느 날, 발드그라스병원 맞은편에 있는, 그녀의 집에서 아주 가까운 어느 카페에서 만나 알게 되었어." 그녀는 금방이라도 더 자세하게 말해줄 것 같더니 말을 멈추고 더이상 입을 열지 않았다. 우리는 고등사범학교와 물리화학학교의 현대식 건물들을 따라 난 널찍한 길로 나섰다. 그러자 외국의 어떤 도시—베를린, 로잔, 혹은 로마의 파리올리가 같은 데서 길을 잃은 것만 같은 느낌이었고, 심지어 무슨 꿈속에서 걷고 있는 것은 아닌지 싶었고, 나중에는 드디어 스스로의 정체성이 의심될 지경이었다. "정말이지 페로 박사한테 말해볼 필요가 있다고." 준비에브 달람이 마치 내게 구조신호라도 보내듯 불안한 목소리로 말했다. "페로 박사가 너한테 알려줄 테니까……" 나는 당장 "알려주다니, 뭘?" 하고 물어보려다가 그렇게 내키는 대로 질문을 던졌다가는 그녀가 더 곤란해지고 정말로 '페로 박사'의 영향에서 벗어나지 못하게 될 것 같은 느낌이 들었다. "그럼, 물론이지, 그 여자한테 말해볼게." 그리고 나는 침착하고 초연한 어조를 유지하려고 애썼다. "당장 다음 목요일에, 그녀를 만나러 갔을 때 말해야겠다. 그 여자에게 관심이 아주 많이 가. 아는 게 대단히 많아 보여. 좀더 알아보고 싶어져."

우리는 그녀의 호텔 앞에 이르렀다. 그녀는 마음이 놓이는 모양이었다. 그녀가 내게 미소를 지었다. 그녀는 어서 좀더 알아보고 싶어진다는 내 대답에 고마워하는 눈치였다. 나는 정말이지 솔직한 심정으로 한 말이었다. 어린 시절과 청소년기부터 나는 파리의 신비와 관련된 것이면 무엇이든 아주 강렬한 호기심과 유별난 매혹을 느꼈다.

그러나 나는 '좀더 알아보기' 위해서 다음주 목요일까지 기다리지 않았다. 준비에브 달람과 그녀의 호텔에서 폴리도르 스튜디오까지 함께 갔던 날 아침, 나는 다시 반대 방향으로 지하철을 타고 상시에도방통역에서 내려 발드그라스까지 걸어갔다.

그리고 철책문 앞에 도착하자 망설이지 않고 정원을 가로질렀다. 건물 출입문을 통과하는 순간 마들렌 페로에게 미리 전화를 걸어 나를 만나줄 수 있는지 물어봤어야 했다는 생각이 들었다.

나는 지난번 준비에브 달람과 함께 왔을 때는 알아차리지 못했던 특유의 초인종소리에 놀랐다. 버튼을 계속 누르고 있어야 할 정도로 금방이라도 꺼져버릴 것만 같은 가냘프고 억눌린 듯한 소리, 마들렌 페로가 저 안쪽 방에 있다면 잘 알아들을 수 있을지 어떨지 확실히 알 수 없는 그런 초인종소리였다.

작은 발소리조차 들리지 않았는데 문이 반쯤 열렸다. 혹시 찾아올지도 모르는 방문객을 기다리며 그녀가 문 뒤에 서 있었던 것일까? 그녀는 나를 보고도 놀라는 것 같지 않았다. 그녀는 늘 하던 대로 아무 말 없이 복도를 따라 앞장서서 나를 안내했다. 해가 환하게 비치는 대낮에 내가 그 집 거실에 들어가본 것은 그때가 처음이었다. 나무바닥에는 햇빛 반점들이 어려 있었다. 창밖으로 눈이 살짝 덮인 정원이 내다보였다. 저녁에 준비에브 달람과 함께 이곳에 왔던 때보다 파리에서 더 먼 곳에 와 있는 느낌이었다.

그 여자는 평소에 준비에브 달람이 앉던 빨간 소파 위 내 왼쪽에 앉았다. 그녀가 나를 빤히 쳐다보았다.

"준비에브가 방금 전화해서 당신이 나를 만나고 싶어한다고 하더군요. 기다리고 있었어요."

이렇게 이번 방문은 나도 모르는 사이에 이미 정해져 있었다. 어쩌면 두 사람이 같이 내가 알아차리지 못하는 사이에 나를 어떤 최면상태로 몰아넣은 것만 같았다.

"그녀가 당신에게 전화를 걸었다고요?"

나는 이 장면을 이미 꿈속에서 본 것 같았다. 한줄기 광선이 안쪽 벽에 붙여 세워둔 책장을 비추고 있었다. 우리 사이에 잠시 침묵이 흘렀다. 침묵을 깬 것은 나였다.

"당신이 빌려주신 책을 읽어보았는데요…… 『훌륭한 사람들과의 만남』이라는 책이요…… 저는 이미 그 책에 대해서 들은 적이 있었어요……"

그것은 내가 오트사부아 지방에서 중학교에 다니던 이 년 동안의 일이었다. 피에르 앙드리외라는 친구가 있었는데, 그애가 자기 부모님이 그 책의 저자인 '영적 지도자' 게오르기 이바노비치 구르지예프의 제자라고 말했었다. 그애의 어머니가 어느 쉬는 날, 그애와 나를 자동차로 아시 고원까지 데리고 갔고 우리는 그녀의 여자 친구 집을 방문했다. 약사인 그녀는 구르지예프의 또다른 신봉자였다. 나는 그들이 주고받는 대화의 몇 토막을 들을 수 있었다. 그 사람이 그의 '가르침'을 보다 널리 전파하기 위해 자신을 중심으로 결성한 '그룹들'에 대한 이야기였다. 그때 그 '그룹들'이라는 표현이 내게 궁금증을 자아냈다.

"아, 그렇군요. 그 책에 대해 들은 적이 있었다고요? 어쩌다 그 책 얘기가 나왔는데요?"

그녀는 마치 내가 어떤 비밀들을 알고 있나 걱정스러운 듯 불안해하면서도 동시에 궁금해하는 표정이었다.

"저는 오트사부아 지방에서 오래 지냈어요. 그곳에 게오르기 이바노비치 구르지예프의 제자들이 몇 있었거든요……"

나는 그녀의 시선을 피하지 않고 똑바로 바라보며 이렇게 천천히 말했다.

"오트사부아에요?"

언뜻 보아하니 그녀는 내가 그런 자세한 얘기를 하리라고는 미처 예상하지 못한 것 같았다. 나는 허를 찔러 자백을 받아내려는 경찰관이 된 기분이었다. 그러나 나는 경찰관이 아니었다. 그저 평범한 젊은이일 뿐이었다.

"네, 오트사부아에요…… 아시 고원 쪽…… 므제브에서 별로 멀지 않은 곳이죠……"

나는 소설 『어느 천사를 추억하며』에 적혀 있던, 아마도 그녀 앞으로 쓴 듯한 헌정사가 떠올랐다. "너에게…… 므제브…… 르모베파에서……"

"그럼 당신은 구르지예프 선생의 제자들을 알고 지냈나요…… 오트사부아에서?"

"네, 몇 사람요."

그녀는 약간 신경과민이 되어 내가 그 제자들의 이름들을 말해주기를 기대하는 듯했다.

"제 학교 친구의 어머니가요…… 그분이 우리를 자기 친구분에게 데리고 갔는데 그 여자분도 구르지예프의 제자였어요…… 아시 고원의…… 약사였고……"

나는 그녀의 눈에서 놀라워하는 기색을 읽었다.

"나도 아는 여자예요, 오래전에…… 아시 고원의 그 여자 약사…… 그녀 이름도 준비에브였어요. 준비에브 리에프……"

"저야 이름은 알지 못했죠." 내가 말했다.

그녀는 마치 그 여자에 대해 좀더 자세히 떠올려보려는 듯 고개를 옆으로 기울였다. 그러자 아마도 그녀가 살아온 어느 시기의 다른 세세한 일들까지도 생각이 나는 모양이었다.

"그녀를 만나러 아시 고원으로 여러 번 갔었는데……"

그녀는 내가 옆에 있다는 것을 까맣게 잊고 있었다. 나는 그녀의 생각을 방해하고 싶지 않았기에 그냥 잠자코 있었다. 한참이 지나서 그녀가 나를 돌아보았다.

"당신이 내게 그 모든 일을 다시 떠올리게 하리라곤 상상도 못했어요."

그녀가 너무나 혼란스러워하는 것 같아서 나는 화제를 바꾸는 것이 좋지 않을까 생각했다.

"준비에브가 그러는데 선생님은 요가 교습도 하신다더군요. 선생님께 요가 수업을 받아보고 싶어요."

그녀는 내 말을 듣지 못했다. 또다시 고개를 기울이고 있는 것으로 보아 그 아시 고원의 여자 약사에 대한 추억들을 긁어모아 보려고 애쓰는 것 같았다.

그녀가 내게 더 가까이 다가앉았다. 우리 두 사람의 얼굴이 거의 닿을 것만 같았다. 그녀가 나직한 목소리로 말했다.

"내가 아주 젊었을 때였지요…… 당신 나이쯤이었을 거예요…… 이렌이라는 친구가 있었는데…… 나를 구르지예프 선생 댁에서의 모임에, 파리 콜로넬르나르가로 데리고 간 게 바로 그녀였어요…… 그분 주위로 제자들이 모여들어 그야말로 하나의 그룹을 이루었지요……"

그녀는 마치 고해신부에게 말을 건네듯 빠르고 단속적인 어조로 말했다. 나는 약간 당황했다. 나는 고해신부의 역할을 할 나이도 아니었고 경험도 없었다.

"그러다가 나는 친구 이렌과 같이 오트사부아로 떠났어요…… 므제브로, 아시 고원으로…… 그녀가 아시 고원에 있는 결핵요양소에서 치료를 받게 되어서……"

그녀는 자신이 살아온 내력을 당장이라도 내게 털어놓을 참이었다. 그후 여러 해 동안 각양각색의 수많은 사람들이 그랬는데 나로서는 그 이유를 알 수 없었다. 내가 그들에게 믿음을 주는 것 같았다. 나는 사람들 말에 귀를 기울이고 그들에게 질문하기를 좋아했다. 나는 카페에서 모르는 사람들이 주고받는 단편적인 대화를 자주 듣게 되었다. 나는 그 말들을 최대한 남모르게 적어두었다. 그러면 최소한 그 말들이 영원히 사라져버리지는 않았다. 그 말들은 해당 날짜들과 말줄임표들과 함께 공책 다섯 권을 가득 채우게 되었다.

"이렌, 그분이 바로 『어느 천사를 추억하며』에 헌정사를 적어 준 친구죠?" 내가 그녀에게 물었다.

"그래요."

"헌정사 끝에 '르모베파'라고 적혀 있는데. 저는 르모베파를 잘 알아요."

그녀가 눈썹을 찡그리는 것을 보니 기억을 살려내보려고 애를 쓰는 모양이었다.

"내가 이렌과 종종 가던 나이트클럽 같은 데예요."

나는 아르부아산을 지나는 길가 한쪽에 화재의 흔적을 간직한 채 폐허가 된 그 건물을 잊지 않고 있었다. 전면의 옅은 색 널빤지에 붉은색으로 '르모베파'라고 쓴 간판. 나는 그 위쪽으로 몇백 미터 떨어진 위탁시설에서 여러 달을 지냈다.

"나는 그후론 더이상 오트사부아 지방에 가지 않았어요." 그녀는 대화를 그만 끝내고 싶다는 듯 건조한 어조로 말했다.

"구르지예프를 알고 나서 선생님은 '그룹'의 일원이 된 거죠?"

그녀는 나의 질문에 놀란 것 같았다.

"제 친구의 어머니와 아시 고원의 약사가 그 표현을 많이 써서 질문을 드렸어요……"

"그건 구르지예프 선생이 사용하던 말이에요. '공부 그룹'이라고…… '자기 자신에 대한 공부'……"

그러나 내가 생각하기에, 그녀는 내게 게오르기 이바노비치 구르지예프의 가르침에 관한 설명을 더이상 구체적으로 하고 싶지 않은 것 같았다.

"당신 친구 준비에브는……" 그녀가 갑자기 내게 말했다. "그녀와 이렌은 여간 닮은 게 아네요…… 내가 발드그라스병원 맞은편의 그 카페에서 그녀를 처음 봤을 때 얼마나 놀랐는지…… 난 그녀가 이렌인 줄 알았어요……"

나는 그녀가 방금 털어놓은 말에 조금도 당황하지 않았다. 어렸을 때부터 나는 반쯤 열린 문 뒤에서, 호텔방의 너무 얇은 벽 너머로, 카페에서, 대합실에서, 밤열차에서 불시에 들려오는 이상한 말들을 너무나 많이 들어왔던 터였다.

"나는 준비에브에 대해서 걱정이 많아요. 당신에게 바로 그 얘기를 하고 싶었어요……"

"걱정이 많다고요, 무슨 일 때문에요?"

"그녀는 살아가는 방식이 이상해요. 가끔 보고 있으면 마치 자기 삶에서 빠져나와서 딴 데 가 있는 사람 같다니까요…… 못 느꼈나요?"

"네."

"그걸 알아차리지 못했다니 이상하네요…… 어떨 때 보면 그녀는 자기 삶과 동떨어진 길을 걷고 있는 것 같아요…… 당신은 그걸 한 번도 알아차리지 못했단 말예요? 그녀가 몽유병자 같다는 생각을 한 번도 해본 적 없었던 거예요?"

그 말을 듣자 나는 어렸을 때 보고 아름다운 추억으로 남은 발레의 제목이 생각났다. 나는 준비에브 달람과 두 팔을 벌리고 천천히 계단을 올라가던 그 무용수의 닮은 점을 찾아보려고 했다.

"몽유병자라…… 어쩌면 그런지도 모르겠어요……" 내가 그녀에게 말했다.

나는 그녀를 언짢게 만들고 싶지 않았다.

"이렌은 그녀하고 똑같았어요…… 꼭 같았다고요…… 그녀도 정신이 딴 데 가 있을 때가 종종 있었거든요…… 나는 그런 증세를 낫게 해보려고 노력했지요……"

"구르지예프는 어떻게 생각했나요?"

나는 이내 그 질문을 한 것을 후회했다. 그 무렵 나는 그런 엉뚱한 질문들을 던질 때가 있었다. 나는 끝을 내고 싶었던 것이다. 사람들이 하는 말에 최대한 주의를 집중하며 귀를 기울이려고 노력하다가도 가끔은 지겨워지고 갑자기 다 때려치우고 싶은 심정이 되었다.

"구르지예프 선생은 그녀에게 좋은 영향을 끼쳤어요. 나한테

도 마찬가지였고요. 이렌이 그분의 가르침을 따르도록 내가 늘 격려했지요."

그녀가 내 쪽으로 돌아앉아 한참이나 내 눈을 뚫어질 듯 바라보았다. 그 행동에 나는 주눅이 들었다.

"우리가 준비에브를 도와줘야 해요."

그녀의 어조가 너무나 심각해서 마침내 나도 결국 준비에브 달람이 절박한 위험에 처해 있다고 믿게 되었다. 그렇지만 아무리 생각해도 대체 무슨 위험인지 알 수가 없었다.

"그녀가 여기 와서 지내도록 당신이 잘 설득해야 할 것 같아요."

나는 그 여자가 나에게 그런 일을 맡기자 놀랐다.

"준비에브가 호텔에서 지내는 건 아주 안 좋아요. 이렌도 꼭 그녀 같았어요…… 난 그 문제를 잘 알아요…… 이렌이 아르마예가의 그 끔찍한 호텔에서 나오도록 설득하는 데 석 달이 걸렸답니다. 천만다행으로 구르지예프 선생 댁에서의 모임들이 그 동네에서 있었기에 망정이지…… 안 그랬더라면 이렌은 진종일 자기 방에 틀어박혀서 나오지 않았을 거예요……"

아무리 봐도 그 이렌이라는 사람은 그 여자의 삶에서 대단히 중요한 존재인 것 같았다.

"그녀가 묵고 있던 호텔이 구르지예프 선생 댁에서 아주 가까운 곳에 있었나보지요?" 내가 물었다.

"한 50미터쯤…… 이렌은 구르지에프 선생 댁에서 최대한 가까운 곳에 있으려고 그 호텔을 잡았어요."

어떤 사람을 마주치거나, 우연히 두세 번 만나거나, 혹은 카페나 객차의 복도에서 말소리를 듣는 것만으로도 이렇게 그의 과거를 단편적으로 파악할 수 있었다. 내 공책들에는 이름 모를 목소리들의 조각난 말들이 가득 적혀 있다. 그리하여 오늘 나는 특별할 것 없는 어느 한 장에다가 그 이름조차 확실치 않은 마들렌 페로라는 인물과 거의 오십 년 전에 주고받은 몇 마디를 옮겨 적어보려고 한다. 이렌, 아시 고원, 구르지에프, 아르마유가의 어느 호텔……

"그녀가 여기 와서 지내도록 당신이 잘 설득해야 할 것 같아요……"

또다시 그녀가 낮은 목소리로 말하면서 나에게 얼굴을 들이밀었다. 그리고 내 눈을 빤히 쳐다보았다. 아무리 도망치려고 애를 써도 몸이 제자리에 못박힌 듯 움직여지지 않는 꿈을 꿀 때처럼, 그녀의 시선은 내 몸을 마비시켰다.

분명 꽤 긴 시간이, 어쩌면 몇 시간이나 지났을 텐데 흔히들 말하는 기억의 공백 현상인지 나는 그 시간이 잘 기억나지 않았다. 저녁이 오고 있었고, 거실은 어두웠고 나는 여전히 그 여자와 같이 빨간 소파에 앉아 있었다.

그 여자가 자리에서 일어나 두 창문 사이에 놓인 전기스탠드를 켰다. 그리고 책장 쪽으로 가더니 선반에서 책 두 권을 골랐다.

"자…… 원하면 다른 책들도 꺼내 보세요……"

두 권 다 얄팍해서 브로슈어에 가까워 보였다. 아드리앵 메종뇌브 출판사에서 나온 스즈키의 『선불교에 관한 에세이』 둘째 권과 마리야 나글롭스카의 『마법적 사랑의 성스러운 의식』이었다. 나는 그 책들을 오십 년 전부터 계속 가지고 있는데, 왜 어떤 책들이나 물건들은 평생 어딜 가든 기어코 우리를 따라다니는가 하면 다른 것들은 귀중한 것들인데도 그만 잃어버리고 없어지는 것인지 알 수가 없다.

내가 돌아가려고 아파트 현관에서 막 문을 열려는 순간, 그 여자가 내 팔에 손을 얹었다.

"준비에브한테 가는 거지요?"

나는 그녀에게 대답하기가 거북했다. 그녀가 나를 너무도 부러워하는 것 같았기 때문이다.

"내 말은…… 당신도 그녀와 함께 여기 와서 지내도 된다는 거예요…… 두 사람이 와준다면 아주 기쁠 것 같아요……"

육 년 후, 나는 조프루아생틸레르가를 따라 이슬람 사원과 식물원 담장 인근을 걸어가고 있었다. 내 앞에서 어떤 여자가 어린 남자아이의 손을 잡고 걸어가고 있었다. 그녀의 한가한 걸음걸이가 누군가를 연상시켰다. 나는 그녀에게서 눈을 뗄 수 없었다.

나는 걸음을 빨리해 그 여자와 어린아이를 따라잡았다. 고개를 돌려 여자를 바라봤다. 우리는 지난 육 년 동안 만나지 못했다. 그녀는 마치 바로 전날 만났다 헤어진 사람을 대하듯 내게 미소를 지었다.

"이 동네에 살고 있어요?"

무슨 까닭인지 나도 모르게 존댓말이 나왔다. 아마도 옆에 아이가 있었기 때문인 것 같다. 그래요, 하고 그녀가 여기서 아주 가까운 곳에 산다고 말했다. 나는 대화를 이어가려고 했지만, 그녀는 우리가 그렇게 말없이 나란히 걸어가는 것을 전혀 어색해하지 않는 눈치였다.

우리는 식물원 안으로 들어가서 부속 동물원까지 소로를 따라갔다. 아이는 우리를 앞서서 저만큼 뛰어갔다가 방향을 틀어 다시 돌아오곤 했다. 눈에 보이지 않는 추적자들에게서 벗어나야 한다고 상상한 듯 이따금 나무줄기 뒤에 가서 숨기도 했다. 나는 그녀에게 아들이냐고 물었다. 그렇다고 했다. 그럼 결혼을 했느냐고 물었다. 아니었다. 그녀는 아들과 단둘이 살고 있었다. 요컨대 우리는 우리가 처음 만난 거리에서 육 년 만에 다시 만난 것이었는데 나는 시간의 흐름을 느낄 수가 없었다. 시간은 멈춰 있었고, 다만 그 어린아이의 존재가 더해져 조금 달라진 모습으로 우리의 첫 만남이 똑같이 되풀이된 것 같았다. 마치 매일 정오와 자정마다 다시 만나는 시곗바늘들처럼 같은 거리에서 그녀와 또다시 만나게 될지도 모른다. 사실 내가 조프루아생틸레르가의 오컬트 전문 서점에서 그녀를 처음 만났던 날 저녁에 나는 『동일자의 영원회귀』라는, 제목이 매우 인상적인 책을 샀었다.

우리는 그날따라 텅 비어 있는 동물원 우리들 앞에 이르렀다. 가장 큰 우리에만 표범 한 마리가 갇혀 있었다. 아이는 걸음을 멈추고 철책 너머로 표범을 쳐다보았다. 준비에브 달람과 나는 한쪽에 놓인 벤치로 가서 자리를 잡았다.

"『정글 북』 때문에 동물들을 보여주려고 저애를 데리고 왔어. 저녁마다 그 책을 읽어달라고 하거든."

그 말을 듣자 문득 강변로에 있는 어머니의 텅 빈 아파트 안 큰 창문 옆 서가가 떠올랐다. 분명 한스 팔라다의 소설들과 『브라즐론 자작』 사이에 두 권짜리 일러스트판 『정글 북』이 꽂혀 있었다. 내 기억이 틀리지 않았다는 것을 확인하자면 용기를 내서 그곳을 다시 가보아야 할 것이다.

나는 그녀가 갑자기 자취를 감추었던 일에 대해 물어보기가 망설여졌다. 어느 날 저녁 몽주가의 호텔에서 그녀가 '완전히' 방을 비웠다는 말을 들었었다. 이튿날 폴리도르 스튜디오에서는 그녀의 동료 중 한 사람이 무뚝뚝한 어조로 그녀가 '휴가'를 냈다면서 자세한 설명은 해주지 않았다. 발드그라스가에 있는 마들렌 페로의 집에서는 초인종을 눌러도 아무 응답이 없었다. 어린 시절부터 사람들의 행방불명에 익숙해져 있었으므로 솔직히 나는 준비에브 달람이 종적을 감춘 일이 그리 놀랍지 않았다.

"그래, 어디로 가는지 주소도 안 남기고 떠났단 말이지?" 내 말에 그녀는 어깨를 으쓱했다. 그러나 나는 설명이 필요치 않았다. 아이가 우리 쪽으로 다가와 이제 표범 우리 문을 열고 같이 산책을 할 작정이라고 선언했다. 아이는 『정글 북』에 나오는 이름대로 표범을 바기라라고 불렀다. 그러더니 아이는 다시 철책 앞으로 가 버티고 선 채 바기라가 가까이 다가오기를 기다렸다.

"페로 박사 소식은 들었어?"

그녀는 마치 간접적으로 어렴풋이 아는 사람 얘기를 하듯 담담한 어조로 페로 박사는 이제 발드그라스가에 살지 않는다고, 15구로 이사했다고 알려주었다. 어디서 어떻게 사는지 우리가 궁금해하던, 어떻게 하여 종적이 묘연해졌는지 온통 신비에 싸여 있고 도무지 그 신비를 밝혀낼 길이 없었던 그 사람들이 알고 보니 놀랍게도 여전히 같은 도시에서 단지 구역만 다른 곳에 옮겨가 살고 있었다.

"그럼 이제 폴리도르 스튜디오에서 일 안 해?" 아니, 여전히 거기서 일해. 그렇지만 그 회사도 마들렌 페로처럼 이제는 같은 주소에 있지 않았다. 라가르드대로의 폴리도르 스튜디오는 이제 클리시광장 쪽으로 옮겨가 있었다.

나는 또다시 지하철 매표구 근처의 그 전광 노선도를 생각했다. 노선도에는 각 역에 해당하는 버튼이 배열되어 있었다. 그래서 갈아타야 할 노선의 환승역을 알아보려면 목적지 버튼을 누르면 됐다. 그러면 거쳐 가야 할 코스들이 노선도상에 다양한 색깔의 불 켜진 선들로 나타났다. 내가 생각하기에 미래에는, 우리가 전에 잠시 스치듯 만났던 어떤 사람의 이름을 화면에 입력하기만 하면 그 인물을 다시 만날 수 있는 파리 시내의 장소를 붉은색 점이 꼭 집어 가리켜주리라는 확신이 들었다.

"언젠가 당신 동생을 만난 적 있었어." 내가 그녀에게 말했다. 그녀는 그가 어느 날 아침 찾아와서 돈을 요구하고 가버린 후로 그에게서는 아무런 소식도 듣지 못했었다. 그런데 나는 그를 언제 만났던가? 이삼 년 전이었다. 내가 생미셸대로를 따라 걷다가 카페 라수르스 부근에 이르렀을 때였다. 왜 그랬는지 잘 알 수는 없지만 내가 늘 들어갈까 말까 하던 그 커다란 카페 말이다. 나는 그 가짜 표범 가죽 점퍼 덕분에 그를 바로 알아보았다. 그는 카페 전면의 커다란 유리창 건너 한 테이블 앞에 앉아 있었다. 또래의 한 청년과 함께였다. 그는 자리에서 일어나더니 유리창을 두 주먹으로 두드리며 나를 불렀다. 그가 인도 쪽으로 나를 만나러 나오려던 순간, 마치 금방 깨어날 수 있다고 확신하며 꿈속에서 어떤 위험에 맞서듯, 내가 그보다 먼저 다가가 카페의 문을 열었다. 나는 그들의 테이블에 가 앉았다. 내가 카페 라수르스 앞을 지날 때마다 맛보았던 거북한 기분이 무엇이었는지 분명해졌다. 그 업소에서 나는 무슨 일제 단속의 위협을 받고 있다는 인상을 받았던 것이다.

그는 상의 주머니에서 검은 수첩을 꺼내 적힌 내용을 들여다보고 나서 내게 빈정대는 듯한 미소를 던졌다.

"몇 년 전에 발도르국 14-14번으로 당신에게 전화를 걸었는데 당신은 부재중인 것 같더군."

나는 거기, 그와 마주보고 앉아서, 그가 준비에브 달람의 소식을, 그리고 어쩌면 그녀가 사라져버린 까닭을 내게 알려주기를 기대하고 있었다.

그가 내게 자신의 친구를 소개했다. 알랭 파르켄이라는 그 이름이 기억에 남아 있다. 그로부터 십 년 뒤, 바그람대로의 어느 손바닥만한 중고 사진기 상점 간판에서 아마도 장물아비인 듯한 그의 이름을 읽은 적이 있었던 것이다. 그때 나는 상점 안으로 들어가서 그 유령 같은 존재의 기억 속에 나의 존재를 상기시켜 주고 싶은 유혹을 느꼈었다.

"준비에브요? 삼 년 동안 한 번도 못 봤다고요? 나도 못 봤어요…… 타로카드와 크리스털 구슬 점에 푹 빠져 있겠죠, 뭐, 늘 그랬듯이……"

그의 가짜 표범 가죽 점퍼는 처음 만났을 때보다 더 낡아 보였다. 손목 부분 한 곳은 찢어지고 소매에는 얼룩이 묻어 있었다. 한편 알랭 파르켄은 낯빛이 창백했고, 지레 늙어버린 어린아이 같은 얼굴, 전직 마부나 경마기수 같은 얼굴이었다.

"이 사람은 사진가예요." 준비에브의 남동생이 말했다. "에이전트들에게 나를 소개할 때 쓸 '포트폴리오'를 이 사람이 하나

만들어줬는데…… 난 영화를 해볼 참이에요……"

다른 청년은 담배를 피우면서 나를 바라보았는데 그의 검고 끈적한 눈빛이 거슬렸다. 준비에브 달람의 남동생이 갑자기 그에게 말했다. "지금 당장 그들에게 전화해서 미리 알려야 할 것 같아." 그러자 알랭 파르켄은 자리에서 일어나 홀 안쪽으로 걸어갔다.

"당신이 우리를 도와줄 수 있을 거라 확신해요, 당신은……" 준비에브 달람의 남동생이 나를 빤히 쳐다보며 말했다. 등골이 서늘해지는 시선, 연이은 폭격 후에 쓰러진 시체들을 약탈해 갈 태세인 사람들의 탐욕스러운 시선이었다.

"나를 도와줄 거죠?" 그가 표정을 일그러뜨리면서 씁쓸한 속내를 드러냈다. 다른 청년이 우리 쪽으로 돌아오고 있었다.

"그 사람들한테 알려뒀어?" 준비에브 달람의 남동생이 물었다. 다른 청년이 그렇다는 뜻으로 머리를 끄덕이며 테이블로 와 앉았다. 나는 제어하기 어려운 공포에 사로잡혀버렸다. 대체 그는 어떤 사람들에게 전화를 걸었다는 것일까? 그리고 그들에게 뭘 알려뒀다는 것일까? 내가 무슨 덫에 걸려들었다는, 경찰이 곧 들이닥치리라는 느낌이 들었다.

"내가 이 사람에게 우리를 도와줄 수 있느냐고 물어봤어." 그가 나를 가리키면서 말했다.

"맞아, 우리를 좀 도와줘야겠어. 어쨌든 우린 이제 당신을 놓아주지 않을 거니까……" 다른 청년이 내게 기분 나쁜 미소를 지으며 말했다.

나는 자리에서 일어났다. 그리고 카페 문 쪽으로 걸어갔다. 준비에브 달람의 동생이 바짝 따라와서 내 앞을 가로막았다. 다른 청년은 내가 뒷걸음질치지 못하도록 막으려는 듯이 등뒤에서 나를 꽉 껴안았다. 나는 생각했다. 경찰이 들이닥치기 전에 여기서 나가야만 한다. 그래서 나는 무릎과 어깨로 가격하며 준비에브 달람의 동생을 밀쳐냈다. 그리고 다른 청년의 면상에 주먹을 날렸다. 나는 마침내 탁 트인 밖으로 나왔다. 대로를 따라 달려내려갔다. 두 사람이 나를 쫓아 달려왔다. 나는 카페 클뤼니 근처에서 그들을 따돌리는 데 성공했다.

*

"넌 내 동생이랑 말을 섞지 말았어야 했어. 나에게 그애는 더 이상 없는 존재야. 그애는 무슨 짓이든 다 할 수 있어. 이미 에피날에 있는 교도소에 수감된 적이 있다고."

그녀는 마치 아이에게 들리지 않기를 바라는 듯 아주 나직한 목소리로 말했다. 하지만 아이는 여전히 동물원 철책 앞에 서서 표범을 관찰하고 있었다.

"저애 이름이 뭐야?" 내가 물었다.

"피에르."

이제 지난 육 년 동안 그녀가 어떻게 지냈는지 알아볼 때였다. 2017년 2월 1일인 오늘, 나는 그때 그녀에게 좀더 구체적으로 질문하지 않았던 것이 후회스럽다. 그러나 그 무렵 나는 그녀가 어차피 내 질문에 대답하지 않거나 대답을 얼버무릴 거라고 확신했었다. "그녀는 자기 삶과 동떨어진 길을 걷고 있는 것 같아요." 전에 마들렌 페로가 내게 했던 말이다. 그리고 그녀는 '몽유병자'라는 표현을 썼었다. 그 말은 내가 어렸을 때 본 발레를 떠올렸었다. 나는 아직도 그 배역을 맡았던 무용수의 이름을 기억한다. 마리아 톨치프. 어쩌면 준비에브 달람은 "자기 삶과 동떨어진" 길을 걷고 있었는지 모른다. 그러나 그녀의 발걸음은 무용수의 발걸음처럼 가볍고 유연했다.

"벌써 학교에 다녀?" 내가 피에르를 가리키며 그녀에게 물었다.

"식물원 반대편에 있는 학교에."

그녀에게 지나간 과거에 대해 이야기하는 건 아무 소용 없는 일이었다. 만약 내가 육 년 전의 세세한 것들에 대해, 가령 라가르대로의 카페, 몽주가의 호텔, 그 페로 박사라는 이가 소개해준 몇몇 사람, 그리고 그녀가 우리를 끌어들인 좀 혼미한 상황들에 대해 넌지시 말을 꺼냈다면 그녀는 뜻밖인 듯 깜짝 놀랐을 것이다. 그녀는 틀림없이 모든 것을 다 잊고 있었다. 그렇지 않다면 모두 아득하게 먼 것으로—세월이 쌓일수록 점점 더 멀어지는 것으로 여겼으리라. 그리하여 풍경이 마침내 안개 속으로 사라져버리는 것이다. 그녀는 현재를 살고 있었다.

"같이 우리집까지 가줄 시간이 있을까?" 그녀가 물었다.

그녀가 피에르의 손을 잡았고 아이는 고개를 돌려 마지막으로 동물 우리의 철책을 바라봤다. 철책 안쪽에서는 바기라가 계속 원을 그리며 돌고 있었다.

*

우리는 우리가 처음으로 만났었던 오컬트 전문 서점 앞을 지나갔다. 서점 안내판에 두시에 문을 연다고 표시되어 있었다. 우리는 진열창 안쪽에 전시된 책들을 살펴보았다. 『내면의 힘』 『스승들과 오솔길』 『신비의 모험가들』……

"오늘 저녁에 여기 와서 같이 책을 몇 권 골라보면 좋을 것 같은데." 내가 준비에브에게 제안했다. 육 년 전 그 시간, 여섯시에 만나기로. 사실, 내게 많은 생각을 하게 했던 그 책, 『동일자의 영원회귀』를 찾아낸 곳도 바로 이 서점이었다. 그 책을 읽는 내

내 나는 혼자 생각했다. 만약 우리가 같은 시간, 같은 장소, 같은 상황에서 과거에 이미 겪었던 일을 다시 겪으며 살 수 있다면, 그러면서도 처음보다 실수도, 오점도, 공백도 없이 훨씬 더 잘살 수 있다면…… 그건 마치 정정한 곳투성이의 육필원고를 깨끗하게 다시 베껴 쓰는 것 같을 거야…… 우리 세 사람은 내가 그녀와 함께 자주 가로질러 다니던, 몽주가와 이슬람 사원과 퓌드레르미트가 사이 지역에 이르렀다.

그녀가 주변 다른 건물들보다 유난히 웅대하고 발코니가 여러 개 있는 건물 앞에서 걸음을 멈췄다. "여기가 내가 사는 곳이야." 피에르가 직접 큰 대문을 밀어 열었다. 나는 그들을 따라 들어갔다. 나는 이미 전생에 누군가를 만나러 이곳에 와본 것만 같았다. "오늘 저녁 여섯시에 서점에서 봐." 준비에브 달람이 말했다. "서점에 갔다가 여기로 와서 같이 저녁 먹자……"

그들은 건물 입구에 나를 남겨놓고 안으로 들어갔다. 나는 계단 발치에 서 있었다. 이따금 피에르는 내가 여전히 거기 있는지 확인해보려는 듯 난간 위쪽으로 머리를 내밀어 살폈다. 그러면 나는 그때마다 그에게 손짓을 했다. 준비에브가 아파트 문을 여는 동안 아이는 난간에 턱을 괸 채 나를 바라보았다. 그들이 안으로 들어간 후 문 닫히는 소리가 들렸고 나는 잠시 가슴이 저릿했다. 그러나 건물 밖으로 나오면서 나는 마음이 울적해질 만한 까닭을 더는 알 수가 없었다. 이제 몇 달 동안은, 또 누가 알라마는, 아직 몇 년 동안은 세월이 흐르고 사람들과 사물들이 연이어 사라져버린다 해도 하나의 고정점이 남아 있는 것이었다. 준비에브 달람. 피에르. 카트르파주가 5번지.

추억들을 머릿속에서 정돈해보려 한다. 추억 하나하나가 각각의 퍼즐조각인 셈인데, 빠진 조각이 많아서 대부분이 따로 떨어진 채 있다. 때때로 서너 개를 연이어 한데 붙여볼 수 있지만 그뿐, 더이상은 불가능하다. 그러면 나는 머릿속에 뒤죽박죽으로 되살아나는 단편들, 아주 간단한 이름들이나 문장들의 리스트를 적어본다. 나는 그 이름들이 자석처럼 또다른 새로운 이름들을 표면으로 끌어당겨 올리고 마침내 그 조각조각의 문장들이 서로 이어져 문단과 챕터로 완성되기를 기대해본다. 그렇게 될 때까지, 나는 옛날 차고와 비슷한 이 커다란 헛간들 중 한 곳에서 잃어버린 사람들과 물건들을 추적하며 세월을 보낸다.

조리 브뤼스

에마뉘엘 브뤼켄(사진가)

장 메예르(푸른 눈의 장)

가엘과 기 뱅상

아니 케슬레, 마로니에가 11번지

반 데르 메르벤

조제프 나슈, 몽테뉴대로 33번지

J. 드 플뢰리(서점 주인) 19구 바스트가 2번지

올가 오르디네르, 15구 뒤랑통가 9번지

아리안 파테, 캉탱보샤르가 3번지

더글러스 아이번

아나 사이드너

마리 몰리토르

피에로, 43번지……

기억을 더듬어 그 작업을 하노라면 어떤 이름들은 마치 숨은 길로 안내해주는 신호들처럼 간헐적으로 반짝거리곤 한다.

가령 그냥 써놓고 물음표를 붙여본 '위베르센 부인'의 경우 처음에는 내 머릿속에 그저 막연한 추억을 불러일으켰다. 나는 '위베르센 부인'을 내 리스트에 있는 다른 이름들과 연결지어보려

했다. 나는 마치 코르비자르역에서 미켈앙주오퇴유역으로, 혹은 자스맹역에서 피유뒤칼베르역으로 가고자 할 때, 전광 노선도 위 여러 역들과 환승 노선에 녹색, 적색, 청색 불이 들어오듯, 그 이름들과 위베르센 부인 사이에 밝게 불을 밝힌 어떤 선이 나타나주기를 바랐다. 그 리스트의 하단에 이르자 나는 마치 얼음과 망각의 층을 뚫고 올라오려고 절망적으로 발버둥치는 기억상실증 환자가 된 느낌이었다. 그런데 갑자기 '위베르센 부인'이라는 이름이 마들렌 페로의 이름과 이어져 있었다는 확신이 들었다. 과연 마들렌 페로는 준비에브 달람과 나를 파리 서쪽 동네의 가장 번화한 대로 중 한 곳의 아파트에 사는 그 위베르센 부인의 집으로 여러 번 데리고 간 적이 있었다. 그런데 지금 나로서는, 마치 너무 세세한 사항은 거의 오십 년이 지난 뒤에도 여전히 내게 해로울 수 있고, 또 내가 연루되었을 수도 있는 어떤 '사건'에 관한 이른바 '보완 조사'의 계기라도 될 것처럼 그 대로의 이름을 쓰기가 망설여진다.

아마도 그날까지 나는 그 위베르센 부인을 그 시절, 그러니까 내가 대략 열일곱에서 스물두 살 사이쯤 되던 그 시절에 만났던 다른 사람들과 마찬가지로 내 기억에서 지워버리고 싶었던 것인지도 모른다.

그러나 약 반세기가 지난 뒤, 우리의 인생 초년기의 증인이 되어주었던 몇몇 사람은 영영 떠나버리고 말았다. 그리고 사실 그들 중 대다수는 과연 오늘날 변해버린 내 모습과, 그들이 이름조차 분명하게 대지 못할 한 젊은이에 대해 간직한 흐릿한 이미지를 서로 연결지어 생각이나 할 수 있을지 의심스럽다.

위베르센 부인에 대한 나의 추억 역시 상당히 흐릿하다. 반듯한 얼굴에 나이는 서른쯤 되어 보이는 짧은 갈색 머리 여자. 그녀는 우리를 자기 집 근처로 데리고 가서 식사를 했다. 포슈대로와 직각을 이루는 거리들 중 하나였는데 개선문을 등지고 보면 대로의 왼쪽이었다. 그러고 보니 이제 나는 아무 두려움 없이 이런 지리적인 설명을 자세하게 할 수 있다. 너무나도 오래전 과거의 일이 되어서 법적으로 말하자면 사면을 받은 것이라고 나는 혼자 속으로 생각해본다. 그해 겨울 우리는 그녀의 집에서 식당까지 걸어서 가곤 했다. 앞선 여러 해처럼 혹독한 겨울이었다. 그때에 비하면 오늘날의 겨울은 온화하게 느껴진다. 그것은 밤에 숨을 쉬면 공기가 싸늘하고 맑아 에테르처럼 취하게 하는, 오트사부아 지방에서 나던 그런 겨울이었다. 위베르센 부인은 아주 고전적인 스타일의 모피 외투를 입고 있었다. 그때 살고 있던 아파트의 무질서한 모습으로 보아 그녀는 아마도 그 이전에 한층 더 부르주아적인 삶을 영위했던 것 같았다. 현대식 건물의 맨 꼭대기 층에 있는, 그림들과 아프리카와 오세아니아의 가면들과 인도산 천들이 가득 들어찬 두세 칸짜리 아파트였다.

그 위베르센 부인에 대해 내가 아는 것이라고는, 우리가 그녀의 집에 처음 갔던 날 저녁 마들렌 페로가 들려준 이야기 외에는 별다른 것이 없었다. 그녀는 혼자 살고 있었고, 어떤 미국인과 결혼했다가 이혼한 상태였다. 겉보기에 그녀는 무용계에 아는 사람이 많은 것 같았다. 그녀는 어느 날 저녁 우리를 아주 멀리, 라빌레트 호숫가의 누군가의 집으로 데리고 갔었다. 그녀의 말로는, 그 남자가 매년 같은 날 남녀 무용수들을 위한 파티를 연다고 했었다. 거기 비좁은 아파트에 그 당시 내가 우러러보던 수석 무용수들이 한데 모여 있어서 놀랐었다. 그중에 파리 오페라 발레단의 젊은 여자 무용수가 있었는데 그녀는 그후 카르멜회 수녀가 되었다. 그녀는 지금도 생존해 있는데 아마도 그 신비에 싸인 발레 애호가가 누구였는지를 내게 말해줄 수 있는 유일한 인물일 것이다.

나는 내 공책들 속에서 십 년도 더 된, 2006년 5월 1일에 적어두었던 메모를 다시 찾아냈다. "60년대에 매년 자기 집에서 남녀 무용수들(누레예프, 베자르, 바빌레, 이베트 쇼비레 등)을 위한 파티를 열었던 터키 이름의 남자. 그는 라빌레트 호숫가 혹은 우르크 운하가에 살고 있었다." 그때의 기억이 분명한 사실인지 확인해보기 위해 나는 전화번호부에서 그 남자의 이름과 주소를 찾아본 적이 있었다. 그의 이름은 파란색 볼펜으로 적혀 있었기 때문이었다.

지롱드 강변로 11번지 (19구)
암람 R. 콩바국 73-14
무알 마타티아스 콩바국 82-06 (1964년 전화번호부)

그 주소와 그 두 이름 앞에는 같은 파란색 잉크로 물음표가 찍혀 있었다.

나는 1967년 8월에 마지막으로 위베르센 부인을 보게 되었다.

그러나 그 만남에 대해 언급하기 전에 한 가지 사실을 분명히 해두고자 한다. 즉 파리의 길거리에서 같은 사람들을, 알지도 못하는 같은 사람들을 여러 번이나 마주치는 일이 내게 있었다는 점이다. 길에서 그들을 너무나 자주 마주치다보니 그들의 낯이 익었다. 내 생각에 그들은 그냥 스쳐지나갈 뿐이었기에 나를 알아보지 못했는데 오직 나만 그런 우연한 마주침에 주목했던 것 같다. 그렇지 않았다면 우리가 서로 인사를 했거나 대화를 나누었을지도 모른다. 가장 황당한 것은, 마치 운명이—혹은 우연이—우리가 서로 알고 지내라고 애써 부추기기라도 하듯, 나는 같은 인물을 서로 다른, 게다가 멀리 떨어진 동네들에서 자주 마주쳤다는 사실이다. 그래서 매번 나는 그 사람에게 아무 말도 건네지 않고 그냥 지나치는 것이 마음에 걸렸다. 갈림길에서는 여러 갈래의 길이 뻗어나갔는데 나는 그중에서 어쩌면 옳은 것이었을지 모르는 하나의 길을 외면해버린 것이다. 스스로 마음을 다독이고 싶어서 나는 내 공책에다가 그런 기약 없는 만남들을, 정확한 장소와 그 이름 모를 사람들의 생김새를 구체적으로 명시해 꼼꼼하게 기록했다. 파리는 이처럼 여러 압통점들과 우리의 삶이 취할 수 있었을 무수한 형상들이 별처럼 번뜩이는 공간이다.

위베르센 부인을, 그러니까 나는 구비옹생시르대로에 면한 어떤 작은 광장 주변 단지의 자그마한 방에 살던 시절인 그해 8월에 마지막으로 마주쳤다. 그해 여름은 몹시 더웠고 인근 거리에는 인적이 없었다. 도시의 활기를 찾아 파리 중심가로 나가기 위해 전철을 탈 엄두조차 나지 않았다. 그냥 속수무책으로 무기력 상태에 빠져 있었다. 구비옹생시르대로의 유일하게 문을 연 식당은 발자국이라는 이상한 이름을 내건 곳이었다. 나는 그 식당에 갔다가 그다지 반겨주지 않으면 어쩌나 염려스러웠다. 그저 손님 몇몇이 둘러앉아 포커게임이나 하고 있겠거니 상상했으나, 그래도 나는 문을 열고 들어가보기로 마음먹었다.

식당 발자국의 실내장식은 시골 여관 같은 분위기였다. 입구

쪽에 바가 있고, 홀 두 개가 나란히 붙어 있었는데 저 안쪽 것은 작은 정원에 면해 있었다. 갑자기 8월의 파리에서 느끼곤 하는 그 기이함의 감정이 주체할 수 없이 밀려드는 바람에 나는 뒷걸음질쳐서 구비옹생시르대로의 인도로, 마요 시문 쪽으로 달리는 지극히 드문 자동차 소음 속으로 한시바삐 되돌아가고 싶은 심정이었다. 그러나 어떤 부인이 나를 안쪽 홀로 안내하고는 정원에 가까운 테이블 하나를 가리켜 보였다.

나는 자리에 앉았는데 마치 꿈속에 붙들려와 앉은 것 같은 느낌이었다. 아마도 그 느낌은 내가 그 누구에게도 말을 건네지 않았던 그 끝없이 이어진 날들 때문이었을 것이다. '세상과 단절된'이라는 표현이 내게 그토록 잘 들어맞는 것 같았던 적은 한 번도 없었다. 홀 저 안쪽에 혼자인 어떤 여자 외에는 손님이 아무도 없었다. 그 여자는 모피 외투를 입고 있었는데 때가 8월 한여름인지라 내겐 놀라웠다. 그녀는 나의 존재를 알아차리지 못한 것 같았다. 나는 그녀가 위베르센 부인이라는 것을 알아차렸다. 그녀는 변하지 않았다. 그녀의 모피 외투는 삼 년 전에 입고 있던 바로 그것이었다.

잠시 머뭇거리다가 나는 그녀에게 다가갔다.

"위베르센 부인이시죠?"

그녀가 내 쪽으로 눈길을 들었지만 나를 알아보는 것 같지 않았다.

"우리, 삼 년 전에 여러 번 만난 적이 있어요…… 마들렌 페로와 함께……"

그녀는 여전히 나를 빤히 쳐다보기만 했다. 그녀가 내 말을 알아들었는지 잘 알 수가 없었다.

"아, 맞아요…… 맞고말고요……" 마치 자리를 비우고 딴 곳에 갔다 온 사람처럼 그녀가 갑자기 말했다. "마들렌 페로와 함께…… 당신은 마들렌 페로의 소식을 아나요?"

그녀가 정신을 가다듬으려고 애쓰는 게 역력했다. 내가 그녀를 너무도 깊은 잠에서 너무 급작스레 깨운 것이었다.

"아뇨, 아무 소식도 못 듣고 있어요."

그녀는 난처하다는 듯 미소를 지었다. 그녀는 할말을 찾고 있었다.

"기억하세요? 우리를 어떤 파티에 데리고 가셨었잖아요…… 무용수들이 전부 다 와 있던……"

"네…… 네…… 맞아요…… 그 파티가 아직도 매년 열리는지 모르겠네요……"

그녀는 마치 아주 먼 과거의 일을 떠올리듯 말했다. 겨우 삼 년 전의 일이었지만 그녀에게는 다른 생에 있었던 일처럼 아득한 모양이었다. 그리고 나 역시, 두 칸짜리 그 조그만 아파트 바닥에 앉아 있던 그 모든 초청객들과 그 겨울밤 라빌레트 호수 혹은 우르크 운하 저 위에 떠 있던 보름달을 추억할 때면 마찬가지 인상을 받았다.

"지금도 여전히 같은 주소지에 살고 계신가요?"

아마도 나는 구체적인 대답을 듣기 위해, 유령을 상대하고 있다는 느낌을 더이상 받지 않기 위해 그녀에게 그런 질문을 해본 것 같다.

"여전히 같은 주소지라……"

그녀는 희미한 미소를 지었고, 내겐 그 미소가 고맙게 느껴졌다. 그녀는 더이상 유령 같아 보이지 않았다.

"참 이상한 질문들을 하네요…… 그럼 당신도 여전히 같은 주소지에 사나요?"

그 여자는 나를 살짝 놀리듯 물었다.

"앉아요. 뭐라도 좀 주문하지요…… 난 이제 식사 끝났어요."

나는 그녀와 마주앉았다. 전화해야 할 일이 있다고 핑계 대고 잠시 후 일어날 생각이었다. 그러나 그 자리에 앉고 보니 자리에서 일어나 출구를 향해 홀을 가로질러 가기가 쉽지 않겠다는 생각이 들었다. 갑자기 온몸에 힘이 쭉 빠지면서 감각이 둔해졌다.

"이 모피 외투는 너무 신경쓸 것 없어요." 그녀가 말했다. "오늘 저녁에 기온이 내려갈 것 같아서 입었는데, 잘못 판단했어요."

그러나 나에겐 설명이 필요 없었다. 모피 외투든 뭐든 사람들은 있는 그대로 대하면 된다. 필요하다면 그들을 더 잘 이해하기 위해 슬며시, 경계심을 자아내지 말고 넌지시 몇 가지 질문을 던져보는 것이다. 그리고 따지고 보면 나는 위베르센 부인을 겨우 두세 번 마주쳤을 뿐이었고, 삼 년이 지나서 그녀를 다시 만나게 되리라곤 상상도 못했었다. 너무나도 짧은 만남들이었기에 그런 만남들은 아주 급속하게 망각 속으로 사라져버릴 수도 있었다.

"그런데 이곳을 어떻게 알게 되셨어요, 이 '발자국'을?" 내가 물었다.

"내 친구가 나를 여러 번 여기 데리고 왔었어요. 지금 그 친구는 휴가를 떠나고 없지만……"

그녀는 확실하고 또렷한 목소리로 말했다. 그래서 그녀가 좀 전에 한 말은 아주 조리 있게 들렸다. 8월의 파리에서, 불확실한 장소들에서, 시간이 멈추어버린 것만 같아지는 그 계절을 닮듯 사람들은 종종 혼자가 된다. 일상이 다시 흐름을 되찾고 도시가 평소의 모습으로 돌아가면 즉시 사라져버리는 그런 장소들.

"당신은 식사 안 해요? 뭘 좀 마시겠어요?"

그녀가 테이블에 놓인 작은 병을 집어들더니 물 같아 보이는 것을 큰 유리잔에 따라주었다. 그러나 한 모금 삼키자 나는 그

뜻밖의 맛에 흠칫 놀랐다. 아주 독한 술이었다. 그녀도 잔을 채웠다. 그녀는 한 모금이 아니라 자신의 잔에 든 것의 절반을 단숨에, 고개를 약간 젖혀가며 마셨다.

"안 마셔요?" 그녀는 마치 내가 그녀를 고독 속으로 되돌려 보내기라도 했다는 듯 실망하고 약간 난처해하는 것 같았다.

"있잖아요, 날이 더울 때도 몸을 덥힐 필요가 있어요." 그녀가 말했다.

그녀는 뭔가 더 할말이 있는 듯했고 머뭇거리며 적절한 말을 찾고 있었다.

"난 당신에게 속내를 들려줄 수도 있을 것 같은데……"

그녀는 용기를 내보려고 자신의 손을 펴서 내 손 위에 올려놓았다.

"날씨가 무더워도 소용없어요, 내가 늘 얼마나 추위를 타는지 당신은 모를 거예요……"

그녀는 어떤 대답을, 아니 그녀를 안심시켜줄 어떤 처방을 기대하며 내게 어색하면서도 질문하는 듯한 눈길을 던졌다.

*

우리는 발자국에서 밖으로 나왔다. 그녀는 내 팔에 의지한 채 구비옹생시르대로를 따라 걸었다. 보름 만에 처음으로 미풍이 불었다.

"따지고 보면 모피 외투를 입기를 잘하셨네요." 내가 말했다.

아마도 그녀는 걸어서 자기 집으로 돌아갈 생각이었을 것이다. 그렇다면 우리는 옳은 방향으로 가고 있는 것이 아니었다. 내가 그 점을 그녀에게 일러주었다.

"택시정류장이 나타날 때까지 좀 걷고 싶어요."

그 늦은 시간, 그 계절에 구비옹생시르대로를 지나가는 차는 더이상 한 대도 없었다. 참 신기하게도, 오늘 이 이야기를 쓰고 있자니 인적 없는 포도 위를 걷던 우리의 발소리—아니, 그녀의 발소리—가 내 귓가에 울려온다. 우리는 내가 사는 작은 광장 주변 단지에 이르렀다. 한순간 나는 누군가 내 방에서 나를 기다리고 있다고 말하고 그만 자리를 뜨고 싶었다. 지붕 밑의 너무나 작은 방이어서 들어서는 순간 문설주에 이마를 부딪치지 않으려고 침대에 털썩 누워야 하는 방에. 그 생각을 하자 나는 폭소를 억누를 수가 없었다. 그녀가 더욱 더 내 팔에 몸을 의지했다.

"왜 그렇게 웃어요?"

나는 그녀에게 뭐라고 대답해야 할지 알 수 없었다. 그녀는 정말 내 대답을 기다리고 있었을까? 갑자기 미풍이 차가워지기라도 한 듯 그녀는 한쪽 손으로 모피 외투의 깃을 세웠다.

"당신 집엔 여전히 아프리카와 오세아니아의 가면들이 있나요?" 나는 침묵을 깨기 위해 그녀에게 물었다.

그녀는 걸음을 멈추더니 놀란 표정으로 나를 뚫어지게 바라보았다.

"기억력이 좋으시네……"

그렇다, 아주…… 나는 내가 잊어버리려고 애쓰던 내 삶과 사람들의 세세한 것들까지도 다 기억한다. 나는 다 잊었다고 생각했으나 수십 년이 지난 뒤 뜻하지 않은 순간, 어느 길모퉁이에서, 하루 중 어떤 시간이면 그 기억들이 익사자들처럼 수면으로 떠오른다.

우리는 샹페레 시문께에 이르렀다. 일군의 벽돌 건물 앞 정류장에 택시가 딱 한 대 서 있었다.

"나를 좀 데려다주겠어요?" 위베르센 부인이 내게 물었다.

또다시 나는 그녀에게 누군가 내 방에서 나를 기다리고 있다고 말할 뻔했다. 그러나 갑자기 그녀에게 거짓말을 하는 게 마음에 걸렸다. 사람들을 따돌리느라 이미 그토록 많은 거짓말을 했고, 그들을 길바닥에 버려두고 도망치느라 그토록 숱하게 이중 출입구를 이용했고, 그토록 여러 번 약속 장소에 나가지 않았는데……

나는 그녀와 함께 택시에 올랐다. 나는 그녀의 집까지는 멀지 않을 테니 돌아올 때는 걸어서 오면 된다고 생각했다.

"베르사유의 라렌대로요." 그녀가 택시 기사에게 말했다.

나는 아무 말도 하지 않고 가만히 있었다. 그녀가 설명을 해주기를 기다렸다.

"집으로 돌아가는 게 두려워요. 아까 당신이 말했던 그 가면들이 모두…… 그것들이 나를 쳐다보고 있는데, 좋은 눈으로 보고 있는 게 아니에요……"

그녀가 어찌나 심각한 어조로 말하는지 나는 그만 말문이 꽉 막혀버렸다. 이윽고 내가 다시 입을 열었다.

"잘못 생각하고 계신 것 같군요. 그 가면들은 당신 생각처럼 악의를 품고 있지 않아요……"

그러나 나는 그녀가 전혀 웃을 기분이 아니라는 것을 알아차렸다. 택시는 구비옹생시르대로로 접어들어 우리가 걸어온 반대 방향으로 달렸다. 그러다 내가 사는 작은 광장 주변 단지에 이르렀다.

"나는 집에 가야겠어요. 바로 여기예요, 오른쪽이요……" 내가 말했다.

"제발 나를 베르사유까지 좀 데려다줘요."

마치 내가 지켜야 할 도의적인 의무에 관련된 일이라는 듯, 대꾸를 허락하지 않는 어조였다. 택시는 커다란 소방서 건물 앞의 신호등 빨간불에 멈춰 섰다. 나는 택시 문을 열고 짤막한 인사말을 남기고 자리를 떠버리고 싶은 유혹을 느꼈다. 그러나 베르사유까지 긴 거리를 가는 동안 그럴 수 있는 기회는 얼마든지 있다고 생각했다. 나는 전에 읽었던 『꿈들과 그 꿈들을 유도하는 방법』을 떠올렸다. 그 책에는 우리가 꿈들을 언제든 중지시킬 수 있고 심지어 방향을 틀어 흐름을 바꿀 수도 있다고 분명히 적혀 있었다. 그러므로 내가 조금만 정신을 집중하면 택시 기사는 잠시 후 위베르센 부인의 집 앞에 우리를 내려주고 우리가 베르사유까지 가기로 했었다는 사실을 잊어버릴 것이다. 또 위베르센 부인도 마찬가지일 것이다.

"정말 당신 집으로 돌아가고 싶지 않으신 거예요?" 나는 그녀에게 나직하게 물었다.

그녀가 내게 얼굴을 들이밀며 나와 마찬가지로 나직하게 말했다.

"저녁마다 그 아파트로 다시 돌아가는 기분이 어떤지 당신은 모를 거예요…… 혼자서 그 가면들을 마주하는 기분이…… 그리고 또 얼마 전부터는 엘리베이터를 타는 게 무서워요……"

나는 아직 너무 젊어서 그녀가 자기 집으로 돌아갈 때 느끼는 불안감을 알지 못했다. 나에게 엘리베이터를 타고 올라간 다음 작은 계단 몇 개를 올라가서 똑바로 서 있을 수도 없는 그 다락

방으로 이어지는 복도를 지나는 것쯤은 일도 아니었다. 그런데 당시의 위베르센 부인보다 거의 마흔 살이나 더 나이를 먹고 보니 그녀가 그 나이에 그토록 심한 불안감에 사로잡혔던 게 참 이상하다는 생각이 든다. 그러나 어쩌면 '젊은 날의 무사태평' 같은 관념을 믿어서는 안 되는 것일지도 모른다.

우리는 식당 발자국 바로 옆 신호등 빨간불에 또 한번 멈추었다. 나는 마음속으로 생각했다. 베르사유로 가는 길에 다른 신호등에 또 걸릴 테니 그때 이 차에서 내릴 수 있을 거라고. 내가 그런 시도를 한다고 해도 이번이 처음은 아닐 터였다. 나는 이미 두 번이나, 전에 내가 다니던 중학교로 일요일 저녁에 나를 다시 데려다주던 자동차에서 달아난 적이 있었고, 또 더 나중에는 스무 살 적, 아주 늦은 시간에, 여럿이 함께 술 취한 작자가 운전하는 슈브롤레 자동차를 타고 가다가도 그랬다. 운좋게도 나는 차문 옆에 앉아 있었다.

"정말 집으로 돌아가고 싶지 않으세요?" 내가 또다시 위베르센 부인에게 물었다.

"지금은 싫어요. 내일 날이 밝으면."

우리는 불로뉴숲 가장자리에 이르렀고 위베르센 부인은 눈을 감고 있었다. 나는 밤에 택시를 타고 가다 가끔 그랬듯, 자동차 문이 안에서 잠겨 있지 않은지 확인해보았다. 아니었다. 내게는 아직 마음을 정할 시간이 약간 더 남아 있었다.

오퇴유 시문에 이르렀을 때 위베르센 부인의 머리가 내 어깨 위로 기울어졌다. 그녀는 잠이 들어 있었다. 내가 자동차에서 내리려면 갑작스러운 충격 없이 좌석에서 슬며시 몸을 빼내고 문을 쾅 닫지 않도록 해야 했다. 내 어깨에 기댄 너무나 가벼운 그녀의 머리는 사실 그녀로서는 어떤 믿음의 표시나 다름없었기에 나는 그 믿음을 저버리는 게 마음에 걸렸다. 이제 생클루 시문이었다. 우리는 센강을 건너 터널로 들어갔다가 마침내 서부 고속도로로 접어들 참이었다. 앞으로 신호등은 더이상 없을 것이다.

내가 생애의 그 시기를 지나는 동안, 그리고 열한 살 적 이후, 여러 차례 반복된 탈주의 역할은 대단했다. 기숙사를 나와 도망쳤던 일, 군복무를 위해 뢰유 부대에 입대해야 했는데 야간열차를 타고 파리에서 도망쳐버렸던 일, 약속 장소에 나가지 않았던 일, 꽁무니를 뺄 생각으로 입에 달고 지냈던 그 말, "잠깐, 담배 좀 사가지고 올게." 수십 번 반복했지만 한 번도 지킨 적 없는 이 약속, "금방 돌아올게."

오늘 나는 그 점에 대해 회한을 느낀다. 내면 성찰 같은 것엔 그다지 소질이 없지만, 대체 왜 탈주가 나에게 일종의 살아가는 방식이 되었는지 알고 싶다. 그리고 그것은 상당히 오랫동안, 그러니까 스물두 살까지 계속되었다. 이를테면 그것은 백일해, 수

두, 성홍열 같은 이상한 이름의 유아기 질병들과 비슷한 것이었을까? 내 개인적인 사례에서 한 걸음 더 나아가, 나는 언제나 레츠 추기경, 라브뤼예르, 라로슈푸코, 보브나르그 등과 같은, 내가 어린 시절부터 존경해 마지않았던 저 프랑스 모럴리스트들, 저 시대 증인들과 같은 방식으로 탈주에 대한 이론서를 하나 써 보는 것이 꿈이었다. 그러나 내가 언급할 수 있는 유일한 것은 세세한 사항들, 장소들, 그리고 특정 순간들이다. 특히 내가 생미셸대로 초입의 어떤 좁은 카페의 카운터 앞에 가 있던 65년 여름의 그 오후. 그 집은 동네의 다른 카페와는 확연히 구별되는 곳이었다. 대학생 손님들은 없었다. 피갈이나 생라자르의 카페들처럼 바는 길쭉했다. 그날 오후 나는 내가 무심결에 엇나가고 있다는 것을, 즉시 대비하지 않으면 흐름에 휩쓸려가고 말리라는 것을 깨달았다. 나는 아무것도 걱정할 게 없다고, 나에겐 한 밤의 관객—파리의 밤의 신비를 탐색하고 돌아다녔던 18세기의 어떤 작가*가 스스로에게 붙인 별명—자격으로 일종의 면책특권이 있다고 확신했다. 그런데 이번엔 나의 호기심이 나를 좀 멀리 이끌고 간 것이었다. 나는 이른바 '위험 감지' 신호가 오는 것을 느꼈다. 귀찮은 일을 당하지 않으려면 최대한 신속히 자리를 피

* 소설 『파리의 밤들, 혹은 밤의 관객』을 쓴 레티프 드라브르톤(1734~1806).

해야 했다. 다른 어떤 것들보다 내게 훨씬 중요한 탈주일 것이었다. 나는 바닥을 쳤으므로 발을 한번 힘껏 굴러 수면으로 다시 올라오면 될 일이었다.

그 전날, 내가 그로부터 이십 년 후인 1985년에 소설*의 한 챕터에 암시한 사건이 일어났다. 그것은 어떤 무거운 짐을 벗어던지는, 반쯤 고백 같은 것을 명명백백하게 기록하는 한 방식이었다. 그러나 이십 년은 어떤 증인들이 사라져버리기에는 너무 짧은 기간이었고, 또 나는 시간이 얼마나 지나야 사법기관이 죄인들이나 공범들의 추적을 포기하고 그들에게 결정적으로 사면과 망각의 베일을 씌워주는지 알지 못했다.

*

몇 주 전에 내가 처음 만났고 그 이름을 입 밖에 내기가 망설여지는—오십 년이 지난 오늘에도 아직 그 인물의 정체를 노출시킬 수도 있을 너무 세세한 사항들은 경계하게 된다—그 여자가 1965년 6월 매우 밤늦은 시간에 나에게 전화를 걸어 로댕대로 2번지 마르틴 헤이워드의 아파트에서 '사고'가 났다고 전했

* 파트릭 모디아노, 『잃어버린 거리』

다. 그 아파트는 우리가 만나 서로를 알게 된 곳이자, 일요일 저녁이면 마르틴 헤이워드가 "야행성 인간들"이라고 부르던 다양한 사람들이 모여들던 곳이었다. 그 여자는 그날 밤 나에게 제발 좀 그리로 와달라고 사정했다.

아파트 거실에는 그 '야행성 인간들' 패거리 중에서도 가장 수상한 인물이었던 뤼도 F.의 시신이 양탄자 위에 뉘어 있었다. 그녀는 자기가 "서재의 선반에서 발견한" 권총을 다루어보려다가 "사고로" 그를 살해했다고 내게 말했다. 그녀는 권총을 섀미 가죽집에 넣어 나에게 건네주었다. 하지만 그녀는 왜 그날 밤 그 집에 뤼도 F.와 단둘이 있었던 것일까? 그녀는 "여기서 밖으로 나가는 즉시" 나에게 설명하겠다고 했다.

나는 엘리베이터를 이용하는 대신, 타임스위치로 불도 켜지 않은 채 어둠 속에서 그녀의 팔을 잡고 부축하며 계단을 내려갔다. 일층으로 내려오자 관리실의 유리문 뒤로 불빛이 보였다. 나는 그녀를 출입문 쪽으로 이끌었다. 관리실 앞을 지나는 순간, 키가 작은 갈색 스포츠머리 남자가 거기서 나왔다. 우리가 출입문을 열려고 더듬거리고 있을 때 그는 어둑한 빛 속에서 그저 바라보기만 했다. 출입문은 잠겨 있었다. 잠시 후—그 잠시가 나에게는 끝이 없는 것만 같았다—나는 벽에 달린 출입문 개폐 버튼을 찾아냈다. 찰칵 소리가 들리더니 문이 열렸다. 나는 동작 하나하나에 어긋남이 없도록 슬로모션처럼 천천히 움직이며 마치 갈색 스포츠머리의 그 키 작은 사내에게 도전이라도 하듯, 또 내 얼굴을 잘 기억해두라는 듯 그에게서 눈을 떼지 않았다. 그녀는 초조해했고 나는 그녀를 먼저 내보냈다. 그리고 그녀를 뒤따라 나가기 전에 잠시 문턱에 가만히 서서 관리인을 빤히 쳐다보았다. 나는 그가 내 쪽으로 다가오기를 기다렸지만 그도 가만히 서서 나를 빤히 쳐다보기만 했다. 시간이 멈춘 듯했다. 그 여자는 나보다 10여 미터 앞서 가고 있었는데, 내 걸음이 너무 느려서 과연 그녀를 따라잡을 수 있을지 더이상 알 수가 없었다. 걸음이 점점 더 느려지면서 몸이 공중에 둥둥 뜨는 느낌이었고, 아주 조금만 몸을 움직여도 그 움직임이 잘게 부서져 무너지는 것만 같았다.

*

우리는 트로카데로광장에 도착했다. 새벽 두시경이었다. 카페들은 닫혀 있었다. 나는 점점 더 마음이 가라앉는 느낌이었고, 흔히 요가 수련을 할 때 같은 정신집중을 전혀 하지 않아도 점점 더 깊이 숨을 쉴 수 있었다. 그런 평온은 어디서 오는 것일까? 트로카데로광장의 침묵과 맑은 공기에서? 공기는 내게 오트사부아 지방 경사지의 공기만큼이나 감미롭고 싸늘하게 느껴졌다. 필시 나는 며칠 전부터 읽고 있던 에르베 드 생드니의 『꿈들과 그 꿈들을 유도하는 방법』의 영향을 받고 있는 것이 분명했다. 그 책은 그 시절 내내 나의 애독서 중 하나였다. 나의 침착한 기운이 그녀에게 전해진 것인지 이제 그녀는 나와 같은 속도로 걷고 있는 것 같았다. 그녀는 우리가 정확히 어디로 가고 있느냐고 내게 물었다. 몽마르트르의 알지나호텔이나 생모르데포세에 있는 그녀의 집으로 돌아가기에는 너무 늦은 시각이었다. 나는 트로카데로광장으로 이어진 한 대로의 초입에 있는 어느 호텔 간판을 눈여겨보았다. 그런데 내 상의 주머니 속에는 섀미 가죽집에 든 권총이 그대로 들어 있었다. 나는 그것을 던져넣을 만한 하수구가 있나 찾아보았다. 내가 손에 총을 들자 그녀가 내게 불안한 시선을 던졌다. 나는 그녀를 안심시키려고 했다. 광장에는 우리 둘뿐이었다. 혹시 누군가가 근처 어느 건물의 어두운 창가에서 우리를 바라본다 해도 전혀 상관없었다. 그가 우리를 어떻게 할 도리는 없었다. 에르베 드 생드니가 일러준 대로 핸들을 살짝 틀듯 꿈의 방향을 틀기만 하면 되는 것이었다. 그러면 자동차는, 그 시절 인기 있던 미국산 자동차는 아무 소리도 내지 않고 마치 물위를 미끄러져가듯 거침없이 달릴 것이었다.

*

우리는 광장을 한 바퀴 돌았고 나는 마침내 해양박물관 앞에 있는 쓰레기통 속에 권총을 던져넣을 수 있었다. 그리고 우리는 내가 간판을 눈여겨보아둔 작은 호텔이 있는 대로로 접어들었다. 말라코프호텔. 그후 나는 그 호텔 앞을 지나간 적이 있었는데, 1965년 6월의 그날 밤만큼이나 무덥던, 지금으로부터 오 년 전의 어느 날 밤이었다. 나는 방을 하나, 어쩌면 그때 지냈던 똑같은 방을 잡을까 하는 생각으로 호텔 입구에서 걸음을 멈췄다. 나는 속으로, 방을 잡는다는 구실로 숙박계를 뒤적여보면서 아직도 1965년 6월 28일자에 내 이름이 그대로 남아 있는지 확인해볼 수 있을 거라고 생각했다. 그런데 호텔에서는 흔히 '가르니'라고 부르는 경찰대 사람들이 이따금 찾아와서 열람하는 그 오래된 숙박계를 그대로 보관하고 있을까? 오십 년 전 그날 밤 접수계 사무실에는 밤늦은 시간이었기 때문에 오직 야간 담당자 혼자서 자리를 지키고 있었다. 그녀는 멀찌감치 떨어져 서 있었고 내가 숙박계에 내 성명과 생년월일을 적었는데 야간 담당자는 우리에게 아무것도, 심지어 신분증도 요구하지 않았다. 꿈과 꿈을 유도하는 방법을 그토록 잘 아는 에르베 드 생드니라면 나의 켕기고 불안한 심정을 이해했을 것이다. 글자들을 써나가는 동안—나는 글자 획을 굵거나 가늘게 조정해가며 쓰고 싶었지만 볼펜으로는 그렇게 할 수가 없었다—전에는 한 번도 맛보지 못한 마음의 평정과 안도감이 느껴졌다. 심지어 나는 주소란에 뤼도 F.가 양탄자 위에 누워서 마지막 잠에 빠져들어 있던 로댕대로 2번지를 적시하기까지 했다.

*

그후 얼마 동안은 생미셸대로 초입의 그 담뱃가게 겸 카페에서 나를 엄습했던 불안이 그때처럼 심하지는 않았다. 어쩌면 다리 건너편 바로 앞에 빤히 보일 만큼 법원과 경찰서가 아주 가까이 있다는 사실 때문인지도 몰랐다. 나는 경찰들이 생미셸광장의 카페들에 자주 드나든다는 것을 알고 있었다. 이제 우리는 몽마르트르에 머물고 있었으니 여기서는 더 안전하다고 느껴지는 것 같았고, 그리하여 마침내 그날 밤에 있었던 그 사건들이 과연 현실이었던가 하는 의문마저 들었다.

나는 그날들의 일을 떠올리면 켕기고 불안한 마음이 든다. 나의 젊은 시절의 한 부분을 마감하는, 가장 기억에 남는 날들이다. 그후에는 그 어떤 것도 완전히 같은 색조를 띠지 않게 된 것 같다. 우리가 그다지 잘 알지도 못하는 그 뤼도 F.의 죽음이 어떤 경고와 같은 역할을 했던 것일까? 그 사건이 있고 또 얼마가 지난 뒤 나는 자주 총소리에 깜짝 놀라 잠이 깨곤 했는데, 잠시 뒤에야 그 총소리가 현실이 아니라 꿈속에서 발사된 것임을 깨달았다. 매일 나는 알지나호텔을 나서면 콜랭쿠르가의 조그만 가게로 가서 사회기사들이 실린 〈프랑스 수아르〉 〈로로르〉 같은 신문을 샀다. 나는 그녀를 불안하게 하지 않으려고 그 기사들을 몰래 읽었다. 뤼도 F.에 대한 기사는 전혀 보이지 않았다. 겉보기에 아무도 그의 일에 관심을 갖는 것 같지 않았다. 아니면 그의 주변 사람들이 그의 죽음을 철저하게 숨긴 것일 수도 있었다. 분명 사건에 연루되지 않기 위해서였으리라. 콜랭쿠르가 좀더 위쪽에 있는 카페 르레브의 테라스에서 나는 신문들의 여백에 그 일요일 저녁 그들의 '저녁 모임', 즉 내가 그녀를 처음 만난 그 모임에 함께했던 사람들의 이름을 기억나는 대로 적었다.

그리고 오십 년이 지난 오늘, 나는 또다시 이 백지에 그 이름들 중 몇몇을 적지 않을 수 없다. 마르틴과 필리프 헤이워드, 장 테라유, 앙드레 카르베, 기 라비뉴, 로제 파바르와 회색 눈에 주근깨가 난 그의 아내…… 그리고 또다른 사람들……

지난 오십 년 동안 그들 중 그 어느 누구도 나에게 안부를 전하지 않았다. 그 시기의 나는 그들의 눈에 보이지 않는 존재였던 것이다. 그렇지 않다면 우리는 그저 어떤 침묵의 뜻에 스스로를 맡긴 채 살아가고 있을 뿐이다.

1965년 6월. 7월. 그해 여름 몽마르트르에서는 아침나절이나 오후나 한결같은 나날이 흘러갔다. 그저 그날들의 고요한 흐름에 몸을 맡기고 가만히 누워 있기만 하면 되었다. 우리는 결국 죽은 사람을 잊어버리고 말 것이었다. 그녀 자신도 퐁티외가의 화장품가게에서 일하다 그 사람을 알게 되었을 뿐 그 외에 그에 대해 별로 아는 것이 없는 것 같았다. 그가 가게로 들어와 그녀에게 말을 걸었고, 그녀는 평소에 점심을 해결하려고 샌드위치를 사 먹던 화장품가게 바로 옆 카페에서 그와 또다시 마주쳤다. 마르틴 헤이워드가 로댕대로의 집에서 열던 그 일요일 저녁 모임에, 우리가 서로 알게 된 그 모임에 그가 그녀를 여러 번 데리고 갔었다. 그게 전부였다. 그리고 그날 밤 거기서 일어난 일은

'사고'였다. 그리고 그녀는 그 일에 대해 나에게 더이상 말하려고 하지 않았다.

*

그해 여름에 대해 생각할 때면, 나는 그 여름이 내 삶의 다른 부분에서 따로 떨어져 분리된 것 같은 느낌이 든다. 어떤 괄호, 아니 그보다는 오히려 말줄임표 같은.

몇 년 뒤, 나는 내가 사랑하는 여자와 함께 몽마르트르의 로리앙가 9번지에 살았다. 동네는 더이상 전과 같지 않았다. 나 자신도 마찬가지였다. 동네도 나도 결백함을 되찾은 것이었다. 어느 날 오후, 나는 알지나호텔 앞에서 걸음을 멈췄다. 호텔은 아파트로 개조되어 있었다. 내가 내 추억 속에서 그리던 1965년 여름의 몽마르트르는 돌연 나에게 어떤 상상 속의 동네 같아 보였다. 그러니 나는 더이상 두려워할 것이 없었다.

클리시대로의 중앙분리대를 경계로, 우리가 그 분리대의 남쪽으로 넘어가는 일은 드물었다. 우리는 비탈진 콜랭쿠르가를 따라 올라가는 상당히 좁은 구역을 벗어나지 않았다. 그해 7월에 카페 르레브의 테라스에는 오직 우리 둘뿐이었다. 또 오후엔 그보다 조금 위, 라마르크콜랭쿠르 지하철역 계단 중턱에 있는 어둑한 카페 산크리스토발에서도 마찬가지였다. 같은 장소, 같은 시간에 같은 햇빛 아래서 우리의 행동도 언제나 똑같았다. 폭염이 쏟아지던 날의 그 인적 없는 거리들을 나는 기억한다. 하지만 대기 속에는 어떤 위협의 분위기가 감돌았다. 우리가 불도 끄지 않은 채 떠났던 아파트, 양탄자 위에 뉘어 있던 시체…… 마치 무슨 위험 신호인 양 대낮에 창문들에 불이 환하게 밝혀져 있을 것이었다. 나는 내가 왜 아파트 관리인이 보는 앞에서 그렇게 오랫동안 꼼짝도 않고 서 있었는지 이해해보려고 애를 썼다. 그리고 대체 무슨 생각으로 말라코프호텔의 숙박계에 내 이름과 성, 주소란에 로댕가 2번지 아파트라고 기재했는지…… 그 주소지에서 바로 그날 밤에 '살인 사건'이 발생했다는 것을 사람들이 알아차릴 수도 있었다. 호텔 숙박계를 쓸 때 나는 대체 무슨 현기증에 사로잡혔던 것일까? 그녀가 내게 전화를 걸어 자신이 있는 곳으로 제발 빨리 와달라고 사정하던 그 순간 내가 읽고 있던 에르베 드 생드니의 책 때문에 내 정신이 혼미해져 있었던 게 아니라면 말이다. 과연 나는 내가 악몽을 꾸고 있는 거라고 굳게 믿었다. 그러니 나는 아무것도 걱정할 것이 없었다. 나는 내가 원하는 대로 그 꿈을 '유도할' 수 있을 테고, 원한다면 당장이라도 꿈에서 깰 수 있을 테니까.

오후가 시작될 무렵이면 햇살 아래 우리는 인적이 없는 콜랭쿠르가의 비탈을 따라 올라갔다. 우리가 몽마르트르의 유일한 주민인 것 같았다. 두려움에서 벗어나기 위해 나는 우리가 지금 낮잠 시간이 된 지중해 어느 작은 항구에 와 있는 거라고 그녀에게 말하곤 했다. 카페 산크리스토발에는 아무도 없었다. 우리는 엷게 색이 들어간 유리창 옆 테이블에 앉아 있었기 때문에 홀 안이 약간 어둑해 보였다. 마치 수족관 안에 있는 것처럼 서늘했다. "이건 나쁜 꿈이야. 그저 나쁜 꿈일 뿐이라고……" 내가 이 말을 소리 내어 하고 있다는 것을 간신히 알아차릴 수 있는 정도였다. 양탄자 위에 뉘어 있는 뤼도 F.의 시체와 우리가 끄지 않고 나온 아파트의 전등불…… 그녀가 내 손 위에 자신의 손을 포개며 나직하게 말했다. "이제 그 생각은 그만해." 그전까지는 그녀 자신도 그 생각을 하지 않으려고 애쓰는 것 같아서, 처음 얼마 동안은 매일 아침 여러 신문을 읽다가 뤼도 F.의 이름이 찍힌 단신이라도 발견하게 되면 어쩌나 싶어, 그녀에게 신문을 본다는 사실을 차마 털어놓지 못했다. 그러나 그녀 역시 나와 마찬가지로 불안해하고 있었다. 그걸 말로 할 필요가 없었다. 그저 눈빛만으로도 충분히 알 수 있었다. 가령, 저녁에 우리가 쥐노대로의 알지나호텔로 돌아와 엘리베이터를 탈 때가 그랬다. 그 무렵까지 아직 남아 있던, 유리를 끼운 문을 양쪽으로 여닫게 되어 있는 옅은 색 목제 엘리베이터였다. 엘리베이터가 어찌나 느리게 올라가는지 금방이라도 두 층 사이에서 멈춰버릴 것만 같아 걱정스러웠다. 그럴 때면 경찰관 한 명이 방문 앞에서 기다리고 또 한 명은 아래 호텔 접수계에서 버티고 있을 것 같아 겁이 났다. 그들은 생미셸광장의 카페들에 드나들던 이들이었다. 나는 그들이 주고받는 짧은 대화 몇 마디를 주워듣고 그들이 누군지 알아차릴 수 있었다. 그들이 찾는 것은 다름 아닌 나였다. 그들은 내 이름을 알고 있을 테니까. 그녀는 아무것도 걱정할 것이 없었다. 나는 거기 엘리베이터 안에서 그녀에게 그렇게 말하고 싶었지만 우리는 벌써 우리 층에 도착해 있었다. 방문 앞에는 아무도 없었다. 방안에도 마찬가지였다. 다음에 찾아올 모양이었다. 에르베 드 생드니의 말대로 나는 또 한번 가까스로 꿈의 방향을 틀었던 것이다.

저녁이면 우리는 식당 두 군데에 갔다. 하나는 콩스탕스가와 조제프드메스트르가 사이의 모퉁이에 있었고 다른 하나는 콜랭쿠르가의 맨 끝, 층계 아래쪽에 있었다. 두 식당 모두 손님들이 많아서 낮 동안 인적이 없는 거리들과 대조되었다. 우리는 사람들 사이로 눈길을 끌지 않으며 지나다녔고 그들의 웅성대는 대화 소리가 우리를 보호해주었다. 자정이 될 때까지 손님들이 와서 인도에도 테이블이 차려졌다. 우리는 마치 피서객들 같아 보이는 식사 손님들 사이에서 가능한 한 늦게까지 남아 있었다. 따지고 보면 우리도 바캉스중인 셈이었다. 새벽 한시경 알지나호텔로 돌아갈 시간이 되면 우리 두 사람은 시선을 주고받았다. 인적 없는 쥐노대로를 따라 올라가, 호텔 접수계 앞에 누가 서 있을지 알지 못한 채 정문의 포치를 지나가야 했다. 그 시간에 우리는 엘리베이터 이용을 피했다. 방에 들어가서도 한동안은 고요 속에서 아주 안심하지는 못했다. 나는 문 뒤에 서서 복도를 지나가는 발소리에 귀를 기울였다. 요컨대 우리가 가장 마음이 편할 때는 저녁에 그 식당 두 곳에서 많은 사람들에 둘러싸여 있을 때였다. 그때는 마치 팡플론 해변에서 하루 온종일을 보내고 왔을 다른 사람들 속 두 바캉스 손님이 된 기분이었다. 심지어 우리를 사로잡고 있던 그 민감한 문제에 대해 이야기할 수도 있었다. 우리의 목소리는 다른 사람들 말소리에 섞이며 사라졌다. 그리고 우리는 옆 테이블 사람들이 혹시라도 우리가 하는 말에 엉큼하게 귀를 기울이더라도 내용을 잘 이해할 수 없도록 너무 분명한 말을 피하고 암시적으로 표현했다. 말줄임표를 넣듯이 어떤 단어들은 생략해 건너뛰기도 했다. 나는 그녀가 뭐도 F.와 관련된 더 많은 정보를 주기를 바랐다. 그녀가 말하는 것보다 그에 대해 훨씬 더 많은 것을 알고 있다고 확신했기 때문이다. 퐁티외가의 화장품가게에서 그들이 처음으로 만났다는 말은 내가 보기에 진실에 부합하지 않는 것 같았다. 그 이야기엔 어떤 세세한 부분이 빠져 있는 게 분명했다. 하지만 그녀가 내게 사실대로 말하기를 꺼린다는 느낌이 들었다. 사실 걱정스러운 것은 사람들이 그녀와 우리가 그 무렵 '사망자'라고 일컫던 그 사람을 연

관지어 생각하면 어쩌나 하는 것이었다. 그녀가 '사망자'와 자주 만났다는 확실한 증거가 있는가? 이를테면 편지 같은? 그가 수첩 같은 데 적어놓은 그녀의 이름과 주소 같은? 다른 이들이 그녀에 대해, 또 그녀와 '사망자'의 관계에 대해 심문을 받을 경우 어떤 증언을 할까? 내가 그녀에게 이런 질문들을 하면 그녀는 그냥 어깨만 으쓱했다. 그녀는 로댕대로 2번지의 마르틴 헤이워드의 집에 일요일 저녁이면 찾아오던 사람들을 잘 아는 것 같지 않았다. 내가 그녀에게 앙드레 카르베, 기 라비뉴, 로제 파바르와 그의 아내, 뱅상 베를랑, 마리옹 레팟빈 같은 여러 이름들을, 신문지 여백에 끄적여두었다가 마지막으로 망각에서 끌어올린 그 이름들을 언급할 때마다 그녀는 매번 고개를 내저었다. 더구나 그 사람들은 모두 그녀에 대해 아는 것이 전혀 없어서 그녀와 관련해서는 아무런 증언도 할 수 없을 거라고 그녀가 내게 말했다. 그녀는 마치 뭔가 나지막이 덧붙일 말이 있기라도 한 듯 내 쪽으로 몸을 기울였지만 굳이 조심할 필요는 없었다. 옆자리의 사람들이 아주 큰 소리로 떠들고 있었고 또 바로 그 순간 매일 저녁 같은 시간에 콜랭쿠르가의 식당 앞에서 로베르토 무롤로의 나폴리 민요 〈아네마 에 코레〉를 연주하는 기타리스트의 목소리까지 사람들의 웅성거림에 섞여들었던 것이다. 그녀가 나에게 속삭였다. "넌 호텔 숙박계에 네 이름을 쓰지 말았어야 했어."

나는 그 순간의 내 정신상태가 어떠했는지를 상기해보려 한다. 그다음날 생미셸대로의 카페에 혼자 앉아 있다가 나는 갑자기 엄청난 불안감에 사로잡혔지만 오래 계속되지는 않았다. 바닥을 치고 나자 나는 수면으로 다시 올라오게 된 것이다. 나는 속으로 생각했다. 이제부터 내게는 다른 삶이 시작되는 거야. 그리고 그때까지 살아온 삶은 조금 전 깨어난 어떤 혼란스러운 꿈 같아 보였다. 나는 갑자기 "미래가 내 앞에 열린다"라는 표현의 의미를 깨달을 수 있었다. 그렇다, 나는 마침내 미래의 저 높은 곳에서 이제 더이상 아무것도 두려워할 게 없다는 것을, 그리고 이제부터 어떤 백신으로 면역이 생겼거나 아니면 어떤 외교관 여권의 보호를 받게 되었다는 것을 확신할 수 있었다.

"난 이제 아무것도 걱정할 게 없어. 아무것도." 내가 그녀에게 말했다. 그런데 내 어조가 어찌나 단호했는지 우리 바로 옆 테이블에 앉아 있던 사람, 내가 생미셸광장의 카페들에서 눈여겨보아두었던 경찰관들 중 하나일지도 모르는 사십대쯤의 금발머리 남자가 나를 유심히 쳐다보았다. 나는 그와 맞서듯 똑바로 눈을 맞추고 바라보다가 그에게 미소를 지어 보였다.

어느 날 오후, 그녀는 생모르에 있는 자기 집에 가서 '개인 소지품'들을 찾아오고 싶어했다. 그게 그해 여름 우리가 몽마르트르를 벗어났던 유일한 날이었다. 우리는 바스티유역 플랫폼에서 열차를 기다리고 있었다.

"거기 가는 게 너무 위험한 거 같지 않아? 어쩌면 그들이 내 주소를 알아냈을 수도 있는데." 그녀가 내게 물었다.

그때 나는 특별히 두려운 게 아무것도 없었다.

"그들은 네 신원을 알아내지 못했어. 신원 미상인 여자의 주소를 알 수는 없지."

그녀는 마치 내가 금방 한 말이 갑자기 명백한 사실처럼 들린다는 듯 고개를 끄덕였다. 그녀는 아마 이제 걱정할 게 아무것도 없고, 끝까지 신원 미상으로 남을 거라고 굳게 믿고 싶은 듯 혼자서 '신원 미상'이라는 말을 두세 번 되뇌었다.

열차 칸 안에는 우리 둘뿐이었다. 한여름 주중의 한산한 시간. 우리가 마르틴 헤이워드의 아파트에서 처음 만났던 밤에 우리는 새벽 두시에 알마광장까지 걸어갔었다. 그녀는 택시를 타고 생모르에 있는 자기 집으로 돌아갔고, 그다음날 거기서 만나자면서 나에게 종잇조각에다 노르대로 35번지라고 주소를 적어주었다. 그리고 나는 그다음날 오후 오늘과 같은 시간에, 똑같이 바스티유, 생망데, 뱅센숲, 노장쉬르마른, 생모르를 거쳐가는 같은 열차에 올라 있었다.

*

우리는 길가에 늘어선 가로수 잎들이 궁륭을 이루는 노르대로를 따라갔다. 그날 오후 노르대로에는 몽마르트르의 거리들처럼 인적이 없었다. 햇빛의 반점들과 인도와 차도 위로 떨어지는 나뭇가지 그림자들. 보름 전 내가 이곳에 처음으로 왔을 때는 그녀가 자기 집 앞에서 나를 기다리고 있었다. 우리는 바렌생틸레르와 마른강가에 있는 르프티리츠라는 이름의 호텔 테라스까지 산책했었다.

이번에는, 대문을 열기 전 그녀가 잠시 머뭇거리다가 나에게 불안한 시선을 던졌다. 그녀는 몽마르트르에서 우리가 밤에 알지나호텔로 돌아갈 때면 엄습해오던 그 순간적 섬찟함을 느꼈던 것이다. 가꾸지 않고 방치된 잔디밭. 집의 현관 앞까지 이어지는 길에 수북하게 돋아난 잡초들. 잔디밭이 작은 골짜기를 이루고 있었고 집은 경사지 중턱에 있어서 일층은 곧바로 눈에 들어오지 않았다. 그 집은 어딘가 좀 불안정하게 자리잡고 있었는데, 지반이 미끄러져 내려가면 함께 미끄러질 것만 같았다. 외관은 빌라 같기도 하고 변두리 개인주택 같아 보이기도 했다.

그녀는 자기가 소지품을 챙기는 동안 나에게 일층에서 좀 기다려달라고 했다. 아주 넓은 공간이었다. 가구라고는 소파 하나뿐이었다. 창문들은 한쪽은 시야를 가로막는 비탈진 잔디밭 쪽으로, 다른 한쪽은 그 비탈 저 아래쪽 공터 같은 곳으로 나 있었다. 정말이지 그 집은 간신히 균형을 유지하는 듯 보여서 금방이라도 한쪽으로 기울어질 것만 같은 느낌을 주었다. 또한 사위가 너무나 깊은 침묵에 잠겨 있어서 십오분 정도가 지나자 그녀가 나를 따돌리고 사라진 것은 아닌지 걱정이 되었다. 출입구가 이중으로 있는 건물에 이를 때면 "잠깐만요, 곧 돌아올게요"라고 말하고 내가 종종 그랬듯이 말이다. 이롱델가 쪽으로 도망갈 수 있는 생미셸광장의 건물이 그랬고, 복잡한 복도들과 엘리베이터들을 이용해 샹젤리제대로로 나올 수 있는 로르비롱가 1번지 건물이 그랬다.

그녀가 사라졌다는 확신이 든 나머지 직접 확인해보려고 이층으로 막 올라가려는 순간 그녀가 돌아왔다. 그녀는 검은 가죽 트렁크를 들고 있었다. 그녀는 소파의 내 옆자리에 와 앉았다. 그런데 문득 우리 두 사람의 머릿속에 똑같은 생각이 스쳐가는 듯한 느낌이 들었다. 로댕대로의 아파트에 있는 뤼도 F.의 시신 말이다.

*

나는 상당히 무거운 그녀의 트렁크를 집어들었고 우리는 다시 노르대로를 따라 걸었다. 그녀는 그 집을 떠나게 되어 마음이 놓이는 기색이었다. 나도 그랬다. 세상에는 처음 보았을 때는 그 평범한 외관 때문에 그다지 경계심을 갖지 않다가, 조금 시간이 지나고 나면 좋지 않은 파동이 전해지는 장소들이 있다. 나는 흔히들 말하는 '장소의 정령'이라는 것에 항상 민감했었다. 그 겨울날 오후 카페 라수르스에서 준비에브 달람의 남동생과 나이든 마부 같은 얼굴의 그의 친구와 한자리에 있었을 때처럼 조금이라도 안 좋은 기운이 전해지는 것 같다고 느껴지면 나는 재빨리 그 자리를 떠버릴 정도였다. 사실 나는 그 문제를 좀더 철저히 규명해볼 요량으로 내가 오랫동안 머물러 있지 않기로 마음먹었던 모든 장소들과 그 정확한 주소들을 목록으로 만들어 내 공책에 기록해두었다. 그것은 어떤 특별한 재능, 예를 들어서 송로버섯을 찾아내는 개들의 육감 같은 것으로, 지뢰탐지기 같은 기계들을 연상시키는 것이기도 하다. 그후 여러 해 동안 나는 그 대부분의 장소들과 주소들에 관한 한 내 생각이 틀리지 않았다는 것을 알게 됐다. 그런 곳에 좋지 못한 파동들이 떠돌게 된 이유들을 나는 대개 이십 년 혹은 삼십 년 뒤에 우연한 일들, 공통점에 의한 사실 확인, 오래된 신문 사회면 기사들을 통해 알게 되었다. 그리고 때로는 어떤 카페에서 지나다가 우연히 듣게 된 대화 몇 마디를 통해 알게 되기도 했다.

*

노르대로에서 나는 이따금 발걸음을 멈추고 그녀의 트렁크를 보도 위에 내려놓았다. 트렁크가 어지간히도 무거웠던 것이다. 나는 마침내 그녀에게 혹시 그 안에 뤼도 F.의 시신을 넣은 건 아닌지 물었다. 그녀는 그저 태연한 표정을 짓고 있었지만 그 농담을 그다지 좋게 받아들이는 것 같지 않았다. 농담이라고? 가끔씩

나는 꿈속에서, 그리고 심지어 글을 쓰고 있는 이 순간에도, 지금은 다 아물었지만 겨울철이나 비 오는 날이면 옛 흉터가 욱신거리듯이 내 오른손에 그 트렁크의 무게감이 생생하다. 오래된 회한일까? 연원을 꼬집어 말할 수는 없지만 그 감정이 나를 계속 따라다녔다. 어느 날, 그 연원은 내가 태어나기 전에 있고, 회한의 감정이 어떤 도화선을 따라 번져왔다는 직감이 들었다. 나의 직감은 너무나 덧없어서 한순간 어둠속에서 반짝 타올랐다가 꺼져버리는 아주 조그만 성냥불이나 다름없었다……

라바렌역까지 갈길은 아직 멀었다. 우리가 처음 만나기로 했던 날, 내가 파리에서 출발해 도착했던 역이었다. 나는 그녀에게 이 주 전처럼 르프티리츠호텔에서 밤을 보내자고 제안했다. 그러나 그녀는 말라코프호텔에서 그랬듯이 전에 르프티리츠호텔의 숙박계에 내 이름을 분명하게 적어넣은 적 있다는 사실을 상기시켰다. 그리고 또 르프티리츠호텔의 주인들은 그녀의 얼굴을 알고 있었다. 그들이 우리를 잊고 지내도록 하는 게 더 낫다는 것이었다.

생모르에서 보낸 어느 여름 오후의 아득하고 흐릿한 기억이 나로 하여금 사십육 년 뒤 어느 공책에 2011년 12월 26일자로 다음과 같이 몇 줄을 기록하게 한 것이 아닌가 싶은 의문이 든다.

"꿈. 나는 어떤 경찰관 앞에 앉아 있는데 그가 노랗게 바랜 종이로 된 소환장을 내게 내민다. 그 첫 문장은 내가 증언해야 하는 어떤 범죄 사실에 대한 내용이다. 나는 그 서류들을 읽고 싶지 않다. 나는 그 서류를 분실한다. 그후 나는 그것이 마를리르루아(?)에서 연상의 남자를 죽인 생모르데포세의 젊은 여자에 관한 건임을 알게 된다. 나는 내가 어떤 관계가 있어서 증인이 된 것인지 알 수 없다.

그것은 되풀이되는 어떤 꿈과 관련되어 있다. 그 꿈속에서는 이미 여러 사람이 체포되었고 나의 신원은 아직 밝혀지지 않았다. 그래서 내가 '범인들'과 관련이 있다는 사실이 드러나는 날에는 나 역시 체포될 위험에 놓인 채 지내고 있다. 그런데 대체 무슨 범죄를 저지른 범인들이란 말인가?"

작년에 어떤 커다란 봉투 속에 든, 감청색 표지의 시효가 지난 여권들과 내가 기숙하던 오트사부아의 위탁시설과 중학교의 생활기록부 가운데서 나는 우연히 타자 친 종이 몇 장을 발견했다.

처음에 나는 녹슨 클립으로 한데 고정해놓은 그 반투명의 얇은 종이 몇 장을 읽어볼지 말지 주저했다. 나는 그것들을 당장 눈앞에서 치워버리고 싶었지만 방사성폐기물을 땅속 100미터 깊이에 파묻어봐야 아무 소용이 없는 것처럼 없애버릴 수 없을 것 같았다.

이 얄팍한 문서철을 완전히 무력화시키는 유일한 방법은 내가 삼십 년 전에 한 대로 문서의 일부를 발췌해 소설 곳곳에 뒤섞어 놓는 것이다. 그렇게 해놓으면 사람들은 그것이 실제인지 꿈속

이야기인지 알지 못할 것이다. 2017년 3월 10일 오늘 나는 열은 녹색 파일을 다시 열어 첫 장에 녹 자국을 남겨놓은 클립을 제거하고 나서, 그중 몇 문장을 베껴두고 문서를 몽땅 찢어 흔적을 없애버리면 만사 끝일 것이다.

첫번째 장: 1965년 6월 29일.

사법경찰. 마약 수사반.

정리 번호 29: 탄피의 위치.

세 발의 총격에 해당하는 세 개의 탄피가 발견된 바……

뤼도비크 F 씨가 살해당한 방식에 관하여 제시할 수 있는 가정들로는……

두번째 장: 1965년 7월 5일.

사법경찰. 마약 수사반.

자칭 뤼도비크 F.는 이십여 년 전부터 이 차명을 사용해옴. 사실상 그는 1916년 2월 20일 프레데릭스베르(덴마크)에서 출생한 악셀 B. 일명 보벨스인 것으로 추정됨. 무직. 파리(16구)에 거주하며 1949년 4월 이래 도피 생활중이었음. 마지막으로 확인된 거주지는 벨푀유가 48번지.

네번째 장 : 1965년 7월 5일.

노트

사법경찰

마약 수사반.

장 D.

1945년 7월 25일 불로뉴비양쿠르(센) 출생

……장 D.의 이름으로 된 호텔 숙박계 두 장이 발견되었고 지난 6월 그가 기재한 바에 의하면:

1965년 6월 7일: 라바렌생틸레르(센에마른), 옹즈노방브르대로 68번지 르프티리츠호텔.

1965년 6월 28일: 파리 16구 레몽푸앵카레대로 3번지 말라코프호텔. 이곳에서는 그의 거주지 주소를 로댕대로 2번지로 기재했음.

말라코프호텔에서와 마찬가지로 르프티리츠호텔에서도 그는 중키에 갈색 머리, 밝은색 눈의 이십대 젊은 여성을 동반하고 있었고 그 여성의 인상착의는 파리 16구 로댕대로 2번지의 관리인 M. R.의 진술서에 제시된 내용과 일치함.

현재까지 그 젊은 여성의 신원은 확인되지 않았음.

그녀의 신원은 끝내 확인되지 않았지만 나는 이십 년 후 그녀의 흔적을 다시 찾아냈다. 그녀의 이름이 그해 파리 전화번호부에 올라 있었던 것이다. 그녀의 것일 수밖에 없는 이름과 성, 19구 세뤼리에대로 76번지, 전화번호는 208-76-68번이었다.

8월이었다. 전화를 걸어도 응답이 없었다. 오후가 기울어갈 무렵 나는 수차례 그 벽돌 건물 앞에 가서 버티고 서 있었다. 건물 뒤는 뷔트뒤샤포루즈 소공원이었다. 나는 모르는 동네였다. 우리가 어떤 도시의 가장 은밀하고 가장 먼 지역들을 알게 되는 건 이러저러한 주소지에서 만나자고 하는 다른 사람들 덕분이다. 그들이 사라져버린 뒤에 우리는 그들의 발자취를 더듬어 가본다. 오후가 기울어갈 무렵 비탈진 세뤼리에대로의 아래쪽에서 나는 시간이 멈춰버린 듯한 느낌을 받았다. 햇빛과 침묵, 하늘의 푸르름, 건물의 황갈색, 공원 나무들의 녹색…… 그 모든 것이 나의 기억 속에서는 같은 구 좀더 위쪽의, 내가 위베르센 부인 덕에 12월 어느 날 밤에 처음 가보았던 라빌레트 호수 혹은 우르크 운하와 대조를 이루고 있었다.

내가 보기에 변한 것은 하나도 없었다. 이십오 년 전 겨울, 보도에 서서 스티오파 씨의 딸을 기다렸듯이 그해 여름 나는 어떤 건물의 문 앞에서 기다렸다. 혹시 누가 나에게 "그 모든 것을 다 무슨 목적으로?" 하고 물었다면 나는 그저 이렇게 대답했을 것이다. "파리의 신비들을 밝혀보려고."

그 8월 말의 어느 오후, 나는 저멀리 세뤼리에대로의 언덕바지에 보이는 그녀의 실루엣을 알아보았다. 뜻밖이라는 느낌이 들지 않았다. 그저 약간의 참을성을 가지면 충분한 일이었다. 나는 우리가 서로 만나 알게 되었던 무렵 내가 즐겨 읽던 『천체를 통해 본 영원』과 『동일자의 영원회귀』 같은 책을 떠올렸다. 그녀는 트렁크를 손에 들고 비탈길을 내려오고 있었다. 그러나 내가 라바렌역까지 들고 갔었던 검은 가죽 트렁크가 아니었다. 양철 트렁크였다. 트렁크가 햇빛을 받아 반짝거렸다. 나는 세뤼리에대로 중간쯤에서 그녀와 만났다.

나는 그녀의 트렁크를 받아들었다. 우리는 대화를 나눌 필요가 없었다. 우리는 생모르의 노르대로 35번지에서 출발해서 걸어왔는데 이십 년이 걸려서 세뤼리에대로 76번지에 이르렀다. 트렁크는 그전 것보다 훨씬 가벼운 것 같았다. 어찌나 가벼운지 혹시 빈 것이 아닌지 의심스러웠다. 세월이 흐르면서 우리는 등 뒤에 달고 다니던 모든 무거운 것들을, 그리고 모든 회한들을 마침내 내려놓게 된다.

나는 그녀의 이마에 빗금처럼 그어져 있는 흉터를 보았다. 자동차 사고 때문이라고 그녀가 내게 말했다. 기억상실을 야기하는 그런 사고였다. 그렇지만 그녀는 나를 알아보았다. 그러나 1965년 여름에 있었던 사건들을 기억하는 것 같지는 않았다.

그녀는 남프랑스에서 돌아오는 길이었다. 그녀는 나에게 자기 집까지 같이 가자고 했다. 그날 오후 우리는 대로의 한가운데로 걸어가도 상관없을 것 같았다. 지난날 같은 계절의 같은 시간 몽마르트르의 거리들처럼 대로에는 인적이 없었던 것이다. 그리고 나에게는 그 두 여름이 서로 섞여 분간이 되지 않았다.

나는 어느 소설책의 책갈피에서 4월 20일 수요일 '성녀 오데트 축일'이라고 명기된, 그러나 연도는 표시되지 않은 다이어리 낱장을 발견했다. 소설의 제목은 『템포 디 로마』*였는데, 나는 60년대 말에 그 책을 읽었던 것 같다. 그 시절에 나는 그 종이쪽을 서표 대용으로 사용했던 듯하다. 아니면, 강변의 헌책 노점상에서 그 책의 중고본을 샀는데 그때부터 그 종이쪽이 끼여 있었을 수도 있다. 그 종이쪽에는 잉크로, '플로리다 블루'라고 부르던 푸른색 잉크로 이동 경로가 적혀 있었다.

* 이탈리아어로 '로마의 시간'이라는 뜻.

남부 고속도로 혹은 7번 국도

혹은 리옹역

느무르. 모레

느무르에서 나갈 것

느무르를 오른쪽에 두고

상스 방향 도로를 따라 10킬로미터

우회전

르모빌

성당 앞 오른쪽, 마을의 마지막 집

녹색 대문

525-66-31

432-56-01

두 전화번호 모두 더이상 아무도 응답하지 않았다. 그 번호로 전화를 걸 때마다, 소리쳐 신호를 보내는 목소리나 한 마디도 알아들을 수 없는 대화 소리가 아주 멀리서 들려오는 듯했다. 그 목소리들은 지난날 더이상 사용되지 않는 전화회선을 이용해 자기들끼리 연락을 취하던 사람들의 비밀 '통신망'에서 나오는 것 같았다.

푸른색 잉크로 비뚤배뚤하게 쓴 글씨는 내 글씨였을지도 모른다. 그런데 그때 나는 이동 경로를 내게 알려줄 만한 시간이 너무 부족했거나 우리 쪽으로 이목을 끌지 않으려고 낮은 목소리로 말해야 했던 누군가가 조급하게 불러주는 대로 서둘러 받아 적었던 모양이다.

몇 달 전부터 나는 진상을 명백히 파악하고 싶었지만 문제의 현장들에 가는 계획을 뒤로 미루고 있었다. 그리고 또 그 장소들은 분명 그 사이에 변했거나, 아예 없어져버렸거나 정밀지도들을 보지 않고는 찾아가기 불가능할 터였다.

오늘, 결심이 섰다. 나는 그 경로를 끝까지 따라가볼 작정이다. 지난 몇 달 동안 나는 혹시 내가 과거에 이미 경로를 따라가본 적 있지 않았나 하는 의문을 가져왔다. '느무르'라는 이름이 내게 뭔가를 상기시켰으니 말이다. 어쩌면 나는 느무르를 지나서까지 가보지는 않은 것인지도 모른다. 아니면, 나의 분신이 마을의 마지막 집과 녹색 대문까지 갔었을 것이다. 내 애독서들 중 하나인 『천체를 통해 본 영원』에서 언급된 사람들의 분신 혹은 닮은꼴이, 우리 수천수만의 닮은꼴들이 우리 인생의 갈림길에서 우리가 가지 않았던 수천수만의 길로 접어드는데, 우리는 각자 세상에 단 하나의 길만이 있는 줄 알았던 것이다.

나는 오십 년도 전에 구입해두었던 옛 정밀지도들 가운데서 느무르 부근의 지도를 찾아냈다. 그 지도에는 현재 같은 지역의

미슐랭 지도상에는 더이상 표시되어 있지 않은 길, 도로, 마을들이 나와 있다. 목적지에 도달하려면 나는 그 옛 정밀지도를 참고해야 했다.

나는 저녁 다섯시경에 출발하는 쪽을 택했다. 9월 초순이었으므로 아직은 늦게까지 해가 있었다. 길을 잃지 않기 위해 옛 정밀지도를 참고하면서 나는 다이어리 낱장에 표시된 경로를 보완했다. 현장을 더 잘 알아둠으로써 순차적으로 접근할 수 있도록 나는 몇몇 우회로를 예상해두었다.

느무르. 모레.
브뇌레사블롱을 지나(6번 국도)
모레 다음에는 로르반 계곡 방향
로레즈르보카주 횡단(218번 지방도)
빌세르프(218번 지방도)
도르멜
다음에는 느무르 쪽으로 유턴
느무르를 오른쪽에 두고
라베르산을 지나
상스 방향 도로를 따라 10킬로미터
바조슈쉬르르베츠와 바슬랭 농가쪽으로 질러가서

에그르빌과 솅트로 쪽으로 유턴
르모빌
성당 앞 오른쪽, 마을의 마지막 집
옛 빨래터 비탈길로 녹색 대문까지
오솔길. 잠자는 숲속의 미녀 성.

다이어리 낱장에 푸른색 잉크로 쓰인 글씨보다 내 글씨가 훨씬 더 또렷했다. 내가 경로를 분명히 밝혀갈수록 마치 나는 이미 그 경로를 따라가보았고 그래서 더이상 정밀지도를 참고할 필요조차 없는 것 같았다. 그러나 그것이 정말 맞는 길이었을까? 우리의 기억 속에서는 우리가 갔던 길들, 도대체 어느 지방을 통과하는 길인지 더는 알 수 없게 된 그 길들의 이미지들이 뒤섞이고 있는 것이다.

해설

추억의 지도 속으로 더듬어가는 비탈길들

2017년 갈리마르출판사에서 출간된 『잠자는 추억들』은 파트릭 모디아노가 2014년 노벨문학상을 수상한 이후 처음으로 발표한 작품으로, 1968년 데뷔작 『에투알광장』 이후 스물여덟번째 소설이다. 어쩌면 독자들은 이 신작 소설을 펼치기 전에 자문해볼 것이다. 노벨문학상 수상 이후 모디아노는 과연 어떻게 달라졌을까?

그는 별로 달라지지 않았다. 그의 신작을 읽을 때마다 그렇듯, 이번에도 독자는 특유의 기시감을 맛본다. 그의 수많은 소설들 어디에선가 마주쳤던 분위기, 인물들, 거리들, 오래된 전화번호와 주소, 책, 인적 없는 8월의 일요일들, 완만하게 비탈진 길들, 첫새벽이나 밤늦은 시간 카페에서 우연히 마주치는 이들, 누군가 끄는 것을 잊고 떠나버려서 대낮에도 환하게 불이 켜진 빈 아파트, 까닭 모르게 밀려드는 죄의식이나 쫓기는 자의 불안감, 어느 날 문득 종적을 감춘 사람들, 경찰 조서 한 토막 등 조각조각 흩어져 잘 맞추어지지 않는 기억의 파편들을 주워 모아 일관된 문맥과 연대기로 정돈해보려는 화자의 무용한 노력이 그것이다. 간결하고 투명한 문장들이 만들어내는 너무 밝으면서도 너무 흐린 빛의 경계를 따라 현실과 몽상, 현재와 과거의 흔적을 더듬으며, 작가의 세계에서 이미 만났던 인물과 같으면서도 다르고 다르면서도 닮은 화자와 동행한 독자는 이번에도 또하나의 모디아노표 둔주곡에 귀를 기울였다는 느낌을 지우기 어렵다.

'잠자는 추억'의 퍼즐들이 흩뿌려진 이 짤막하지만 불확실한 어둠의 소설을 세상에 내놓으면서 이번에도 모디아노는 독자에게 서로 모순된 두 가지 방식의 읽기를 동시에 요구한다. 하나는 가장 보편적인 독자들에게 요구되는 '해독', 즉 조각나 흩어진 과거의 인물, 시간, 장소, 행동의 맥락을 연결하고 추리하여 일관된 스토리로 완성하는 일이고, 다른 하나는, 삶이 그렇듯, 그 삶을 투영하는 문학이 그렇듯, 흘러가고 변화하고 만났다가 헤어지고 이루어졌다가 해체되는 행동들이 그렇듯, 파도처럼 계기하거나 반복되는 문장들의 행간을 따라 매 순간 퍼져나가는 정서적 오라를 거두어 음미하고 그 분위기와 정서들이 내면에 축적, 침전되어 마침내 어떤 무형의 총체로서 우리 정신의 공명상자 속에서 '의미'의 빛, 혹은 공감의 파장으로 진동하기를 기다리는 것이다.

그래서 화자는 자신만의 방식으로 소설을 요약한다. "추억들을 머릿속에서 정돈해보려 한다. 추억 하나하나가 각각의 퍼즐 조각인 셈인데, 빠진 조각이 많아서 대부분이 따로 떨어진 채 있다. 때때로 서너 개를 연이어 한데 붙여볼 수 있지만 그뿐, 더이상은 불가능하다. 그러면 나는 머릿속에 뒤죽박죽으로 되살아나는 단편들, 아주 간단한 이름들이나 문장들의 리스트를 적어본다. 나는 그 이름들이 자석처럼 또다른 새로운 이름들을 표면으로 끌어당겨 올리고 마침내 그 조각조각의 문장들이 서로 이어져 문단과 챕터로 완성되기를 기대해본다. 그렇게 될 때까지, 나는 옛날 차고와 비슷한 이 커다란 헛간들 중 한 곳에서 잃어버린 사람들과 물건들을 추적하며 세월을 보낸다."

소설은 전체 스물한 개 장으로 구성되어 있다. 자신의 과거, 즉 '잠자는 추억들'을 떠올리는 화자의 기억이 우발적이고 변덕스러운 만큼이나 때로는 짧게 때로는 길게 이어지는 각 장은 제목도 번호도 없이 별면으로 구분되어 있다. 이렇듯 서로 뒤엉키며 "뒤죽박죽으로 되살아나는 단편들" 속에서 우리는 가능한 한 그 퍼즐들을 모아 하나의 줄거리로 짜맞추어볼 수 있다. 화자 '나'는 모디아노의 다른 소설들에 등장했던 장 데케르(『잃어버린 거리』), 장 다라간(『네가 길을 잃어버리지 않게』) 같은 인물들을 연상시키는 동시에 1945년에 태어났으며 이름이 장이라는 점 등 여러 면에서 작가 모디아노 자신을 닮았다.* 따라서 이 작품 역시 작가의 자전적 요소들이 다수 삽입된 일종의 오토픽션에 속한다. 화자 장 D.는 이 소설이 출간된 해, 즉 서술의 현재인 "2017년 3월"경에, 오십 년 전 과거의 밑바닥에 잠자는 "인생 초년기"를 되살려 정리해보려고 노력한다. 자신이 "대략 열일곱에서 스물두 살 사이쯤 되던 그 시절"이라고 적시한 이 과거는 자전적 요소가 가장 많이 포함된 소설 『혈통』에서 한정적으로 다루어지는 시기, 즉 유년기부터 "바닥을 쳤으므로 발을 한번 힘껏 굴러 수면으로 다시 올라오면 될" 때를 거쳐 작가로서 독립하기 전까지에 해당한다. 이 시기는 공식적으로 부모의 감독과 보호를 받아야 하는 미성년의 사춘기라는 점이 특징이지만 장 D.의 아버지는 비밀에 싸여 있는 사업 때문에 배우인 어머니는 공연 때문에 대부분 집을 비우고 있다. 주어진 환경이 이러하다 보니

* 가족관계등록부상 그의 이름은 장 파트리크 모디아노다.

화자는 상당 기간 파리 시외나 다른 도시의 기숙학교에 맡겨진 채 주말에 집에 돌아와도 부모의 사랑과 보호를 받지 못하고 어머니가 공연하는 극장 인근의 거리를 혼자 돌아다니고 심지어 기숙학교를 무단이탈하여 대도시 파리의 거리를 헤맨다. 『잠자는 추억들』은 이처럼 미성년자 장 D.가 파리의 거리를 혼자 떠돌다가 우연히 마주치게 된 다수의 인물들과의 만남과 그 연쇄 관계가 분비하는 삶의 신비들로 직조되어 있다. 만남이 이루어지는 장소들은 파리와 그 주변 지역에 집중된다. 이리하여 프랑스 현대문학에서 발자크, 프루스트와 더불어 '파리의 신화'를 형상화한 가장 대표적인 작가 모디아노의 중요한 일면이 또다시 주목의 대상이 된다.

첫 문단은 이 소설의 핵심을 적절하게 요약하고 예고한다. "어느 날, 센강변 헌책 노점상 거리에서 『만남의 시간』이라는 책 제목이 내 눈길을 끌었다. 내게도 아주 먼 과거에 만남의 시간이 있었다. 그 시절 나는 자주 공허의 두려움을 느끼곤 했다. 내가 그런 어지럼증을 느끼던 것은 나 혼자 있을 때가 아니라 바로 그때 막 만나서 알게 된 어떤 사람들과 같이 있을 때였다. 나는 두려움에서 벗어나기 위해, 분명 저 사람들을 따돌릴 수 있는 기회가 있을 거야, 하고 속으로 혼잣말을 하곤 했다. 그런 인물들 중 몇몇은 정말이지 사람을 어느 지경까지 몰아갈지 도무지 알 수 가 없었다. 비탈이 미끄러웠다."

소설의 첫머리에 등장하는 센강변 헌책 노점상 거리는 그의 어머니의 집인 콩티 강변로 15번지 바로 앞의 거리이기도 하다. "어머니는 집에 없었고, 집 열쇠는 미레유 우루소프에게 맡겨둔 상태였다." 다시 말해서, 센강변의 이 지점은 장차 소설의 주요 무대가 될 파리의 '비어 있는 중심'이다. 이 빈 공간을 중심으로 파리의 거리들은 화자가 강박적으로 느끼는 "공허의 두려움"과 "어지럼증"의 배경이 된다.

한편, 소설의 시작 부분에 언급된 책 『만남의 시간』은 소설의 마지막 장에 등장하는 또다른 책 『템포 디 로마』(로마의 시간)와 쌍을 이루며 서로 공명하고 반사한다. 화자는 이 점을 강조하려는 듯 『템포 디 로마』 역시 전자와 마찬가지로 "강변의 헌책 노점상에서 그 책의 중고본을 샀"을 수도 있다고 밝힌다. 또 책의 이름에 포함된 도시 로마는 『잠자는 추억들』의 직전작인 작가의 스물일곱번째 소설 『네가 길을 잃어버리지 않게』에서 어머니 대역의 아니가 아무도 찾지 못하도록 어린 화자를 데리고 기차로 떠난 목적지다. 그러나 여기서 가장 중요한 것은 작가의 전작에 이미 언급된 바 있는 어떤 소설의 제목인 동시에 그 핵심 주제인 '만남의 시간'일 것이다.*

'만남rencontre'이란 무엇인가? 아카데미 프랑세즈 사전은 만남을 "우연히 어떤 사람이 있는 곳에 함께 있음으로써 이루어지는 접촉"이라고 정의한다. 여기서 중요한 것은 만남의 비의도적 우연성이다. 부모의 감독과 보호에서 벗어난 미성년자 장 D.는 혼자서 도시를 배회하며 무수한 우연한 만남의 가능성에 노출된다. 만남에 대한 그의 태도는 양면적이다. 한편으로 그는 새로운 만남에 막연한 매혹을 느끼며 이끌린다. 아마도 미성년 화자는 부재하는 부모, 특히 어머니의 대역을 자신도 모르게 찾아 헤매는지도 모른다. 그래서 만남의 상대는 대부분 같은 또래 혹은 연상의 여성들이다. 그런가 하면 동시에 그 매혹은 미숙한 화자에게는 미끄러운 "비탈"이자 "사람을 어느 지경까지 몰아갈지 도무지 알 수가 없"는 위험을 동반하고 있어서 화자는 그 마주친 상대를 따돌리고 회피하고자 애쓴다. 이처럼 매혹과 두려움, 이끌림과 위험의 양면이 교차하는 만남들은 주인공이자 화자인 장 D.를 반복적으로 끊어졌다 이어지는 서너 갈래의 미끄러운 비탈길로 내몬다. 과연 화자는 "추억 하나하나가 각각의 퍼즐조각인 셈인데, 빠진 조각이 많아서 대부분이 따로 떨어진 채 있다. 때

* 『네가 길을 잃어버리지 않게』 12~13쪽 : "다라간은 전화벨이 울리고 어떤 부드러운 목소리가 만남을 청해오는 꿈을 꾸곤 했다. 전에 읽은 소설의 제목이 떠올랐다. '만남의 시간'."

때로 서너 개를 연이어 한데 붙여볼 수 있지만 그뿐, 더이상은 불가능하다"고 말한다. 이 서너 갈래의 만남들은 대체로 시간 순서에 따라 배열되어 있다.

첫번째 갈래

열네 살 무렵인 1959년. "나는 휴일이면 스쿨버스가 오를레앙 시문께에 우리를 내려주고 떠난 뒤 습관처럼 혼자 길거리를 이리저리 돌아다녔다." (스쿨버스를 타고 가다 오를레앙 시문께에 내린다는 묘사는 이때가 파리 근교 남쪽 마을 주이앙조자스 소재 몽셀 기숙학교 시절임을 암시한다.) 화자는 파리의 남쪽 시문께에 도착하는 즉시 "어머니가 무대에서 연기하는" 파리 북쪽의 피갈 지구로 이동한다. 그리고 혼자 "길거리를 이리저리 돌아다녔"지만 아직은 아무런 만남도 이루어지지 않는다. 만남의 가능성은 오히려 아버지 쪽에서 제공된다. 화자는 아버지와 파리 서쪽 불로뉴숲을 산책한다. 함께 온 아버지의 친구 스티오파 씨가 또래인 그의 딸을 만나보라고 권한다. 그는 같은 파리 서쪽 지구의 "스폰티니가에 있는 그 건물 앞에 가 버티고 서서" 스티오파 씨의 딸이 나타나기를 기다린다. 그러나 어렵게 이루어진 단 한 번의 전화 통화를 끝으로 만남은 실패로 돌아간다. 우연이 아닌

의도적 만남의 시도였기 때문일까?

두번째 갈래

"진정한 만남은 오직 길거리에서만 이루어진다"는 굳은 믿음 때문이었을까? 그는 마침내 열일곱 살 무렵인 1962년 겨울 "열이 39도나 되는 상태에서 오트사부아 지방에 있는 중학교를 뛰쳐나와" 파리로 온다. 콩티 강변로 15번지에는 어머니 대신 미레유 우루소프라는 여자가 집을 지키고 있다. 소설에서 그녀의 역할이 어머니의 '대역'이라는 암시로 읽힌다. 스페인에 살고 있는 이 기혼여성은 잠시 이 집에 머무는 동안 화자에게 제라르 블랭이라는 배우의 사진을 보여준다. 이것은 사진을 통한 가상의 만남에 불과하다. 그러나 이 배우는 "열두 살 때부터 부모의 허락 없이" 영화에 출연한, "부모 없이 홀로된 아이"로, 그의 영화 속 모습이 거울에 비친 화자 자신의 분신 같아 보인다. 한편 화자는 우루소프에 이끌려 어머니의 집 바로 옆 카바레에서 자크 드 바비에르라는 인물을 만난다. 알제리전쟁 말기의 불안한 시절에 "파리와 알제를 오가는" "기자"라는 이 떠돌이 남자 역시 파리 서쪽 지구인 "폴두메르대로"의 원룸아파트에 살고 있어서 화자는 우루소프와 함께 그곳에도 가본다. 그러나 두번째 갈래의 만남도 이처럼 짧은 연쇄로 끝난다. 여기서 우리는 "그런 인물들 중 몇몇은 정말이지 사람을 어느 지경까지 몰아갈지 도무지 알 수가 없었다. 비탈이 미끄러웠다"고 강조한 화자의 말에 주목할 필요가 있다. 이 비탈은 벌써 여러 차례에 걸쳐 화자를 "파리의 서쪽 지역"으로 유인한다. 아버지와 스티오파 씨를 따라 산책하는 불로뉴숲, 스티오파 씨의 딸이 사는 스폰티니가, 자크 드 바비에르의 원룸아파트가 위치한 폴두메르대로…… 이 모두가 파리의 서쪽 구역에 치우쳐 있다.

세번째 갈래

"1964년 겨울" 열아홉 살 무렵의 화자는 어느 카페에서 "준비에브 달람이라는 여자를 만나곤 했다." 카페 '바 베르'는 파리 남쪽 13구 이탈리광장과 가까운 라가르드대로에 있다. 그러나 화자가 그녀를 처음으로 "우연히" 만난 것은 카페에서 그리 멀지 않은, 파리 5구 "조프루아생틸레르가에 있는 어느 오컬트 전문 서점에서"였다. "과학적으로 해명할 수 없는 신비적·초자연적 현상"과 관련된 전문 서적을 취급하는 이 서점은 바야흐로 화자의 눈앞에 열린 "파리의 신비"로 인도하는 첫 관문이다. 이리하여 첫 만남의 오컬트 서점, 카페 바 베르가 있는 이탈리광장 근처,

그녀가 거처하는 "고블랭 지구와 13구의 가장자리인, 몽주가 저 아래쪽"의 호텔, 그녀의 직장이 있는 "(라가르)대로의 조금 아래쪽" 등은 파리 시내에서도 하나의 통일된 만남의 공간이 된다. "파리 5구의 그 모든 지역과 거기서 멀찍이 떨어진 변두리 라가르대로가 나에게는 준비에브 달람과 관련된 곳으로 기억될 것이었다."

하나의 만남은 다른 만남으로 이어진다. 준비에브 달람은 같은 카페에서 "예고 없이 불쑥 그녀를 찾아왔다는" 자신의 남동생을 화자에게 소개한다. 그 인물은 누나인 준비에브 달람에게나 화자에게나 따돌리고 회피해야 할 부정적인 대상으로 느껴진다. 한편 그녀는 어느 날, 평소에 자주 언급했던 "마들렌 페로라는 여자의 집"에 화자를 데리고 가서 소개한다. 준비에브 달람이 그 여자를 만난 장소가 "그녀의 집에서 아주 가까운 어느 카페"였다는 사실은 이 만남 역시 "길거리에서" 이루어진 우연이라는 사실을 말해준다. 이 인물의 이름과 성은 다분히 암시적이다. 화자는 이 이름과 성에 대하여 모호하면서도 신비가 깃든 설명을 추가한다. "잘 떠오르지 않는 이름이었다. 그러나 조금만 노력하면 우리의 머릿속에서 눈雪과 망각의 얇은 층에 덮여 있던 그런 이름들이 되살아나는 법이다. 맞다, 마들렌 페로다. 그러나 어쩌면 성 말고 이름은 잘못 기억하고 있는지도 모른다." 잘못 기억하고 있는지도 모른다는 이름 '마들렌'은 망각에 덮여 있다가 문득 되살아나는 기억을 다룬 프루스트의 『잃어버린 시간을 찾아서』를 통해 유명해진 과자 이름이기도 하다. 그런가 하면 제대로 기억하고 있다고 여기는 성 '페로'는 이 소설의 마지막에 수수께끼같이 등장하여 이야기를 신비의 베일로 감싸며 마감하는 『잠자는 숲속의 미녀』의 작자로 알려진 샤를 페로*를 연상시킨다.

마들렌 페로는 그 인물 자체의 특징, 화자가 그 인물에 대하여 반응하는 태도 면에서 매우 상징적이다. 화자는 마들렌 페로에게 스스로를 "부모님은 없"고 "서적 중개"로 대충 생활비를 버는 "유령 학생"이라고 소개한다. 이처럼 "하루 대부분의 시간을 밖에서, 길거리와 카페, 전철, 호텔방, 영화관 같은 공공장소에서" 외톨이로 떠도는 화자는 "추위와 겨울로부터 보호"받는 페로 박사와 그녀의 아파트에서 부재하는 모성의 품안을 찾고 있는 것인지도 모른다. '마법'을 수련하는 모종의 비밀 단체에서 활동하며 준비에브 달람에게 알 수 없는 "영향력"을 행사한다는 페로 박사가 화자에게까지 그 영향력을 확장시킨 것일까? 화자는 그녀의 아파트에서 밤거리로 나서면서 "외국의 어떤 도시에

---

* 두 이름은 소리만 같을 뿐 철자는 다르다. 마들렌 페로는 Péraud, 샤를 페로는 Perrault로 표기된다.

서 길을 잃은 것만 같은 느낌이었고, 심지어 무슨 꿈속에서 걷고 있는 것은 아닌지 싶었고, 나중에는 드디어 스스로의 정체성이 의심될 지경이었다"고 고백한다. 이 낯섦, 꿈, 정체성 붕괴의 느낌은 바로 화자가 어린 시절부터 "아주 강렬한 호기심과 유별난 매혹"을 느껴왔다는 '파리의 신비'와 통한다.

만남은 또다시 다른 만남으로 이어진다. 여기서도 만남의 비탈길은 "파리의 서쪽 동네"로 미끄러진다. 마들렌 페로는 준비에브 달람과 화자를 "파리 서쪽 동네의 가장 번화한 대로" 중 한 곳의 아파트에 사는 위베르센 부인의 집으로 여러 번 데리고 간다. 여기서 화자는 기이하게도 "마치 너무 세세한 사항은 거의 오십 년이 지난 뒤에도 여전히 내게 해로울 수" 있어서 위베르센 부인이 사는 "그 대로의 이름을 쓰기가 망설여진다"고 덧붙인다. 모든 신비, 꿈, 마법은 현실과 비현실, 자명한 사실과 불확실성, 즉 빛과 어둠의 동시적 긴장관계에서 생겨난다. 화자가 매혹을 느끼는 '파리의 신비'는 바로 소설 속에서 수많은 인명과 길 이름들이 빈번히 호명되는 동시에 이처럼 공백으로 남겨지기도 하는 경우가 만들어내는 심리적 동력이다.

만남은 또다시 다른 만남으로 이어진다. 위베르센 부인은 어느 날 화자를 아주 멀리, 파리 동북부 변두리 라빌레트 호숫가 누군가의 집에서 열린 파티에 데리고 간다. 그러나 준비에브 달람, 마들렌 페로, 위베르센 부인, 호숫가 집의 파티로 이어지는 연쇄적인 만남은 여기서 마감되면서 어둠에 잠기고 만다.

네번째 갈래

이 네번째 만남이 핵심이요 비탈길의 바닥이다. 앞서 세 갈래에 걸친 모든 만남은 이 네번째 만남의 어두운 밑바닥으로 미끄러져 내려가는 비탈길 여정의 연습 과정이었는지도 모른다. 1965년 6월, 화자는 일요일 저녁이면 다양한 "야행성 인간들"이 모여들던 파리 서부 로댕대로 2번지(이 길은 앞서 스티오파 씨의 딸이 살던 스폰티니가로 이어진다) 마르틴 헤이워드의 아파트에서 이십대 "갈색 머리" 여자를 만난다. 두 사람은 다음날 여자가 사는 파리 남동부의 생모르에서 다시 만나 바렌생틸레르와 마른강가를 산책하고 르프티리츠라는 이름의 호텔에서 함께 밤을 보낸다. 그로부터 보름 뒤 밤늦은 시간에 그녀로부터 마르틴 헤이워드의 아파트로 급히 와달라는 전화가 걸려온다. 그녀가 실수로 사람을 살해했다. 화자는 시신을 현장에 남겨둔 채 여자와 함께 아파트를 빠져나와 인근 말라코프호텔에 투숙하고, 이어 고지대인 몽마르트르 거리의 호텔로 피신하여 불안한 여름날을 보낸다. 그러던 어느 날 두 사람은 파리 남부 생모르에 있는 여자의 집으로 가서 소지품을 챙겨서 돌아온다.

이십 년이 지난 1985년, 화자는 전화번호부에서 그녀의 주소를 찾아내고 파리 동북부 세뤼리에대로의 아파트로 찾아가 기다린다. 그녀와의 만남과 관련된 고독하고 불안한 경험은 이미 1985년에 발표한 소설 『잃어버린 거리』의 한 챕터에 암시된 바 있다. "그것은 어떤 무거운 짐을 벗어던지는, 반쯤 고백 같은 것을 명명백백하게 기록하는 한 방식이었다." 마침내 화자는 남프랑스 여행에서 돌아오는 그녀의 가방을 받아들고 그녀의 집으로 돌아간다.

이십오 년 전 겨울, 보도에 서서 스티오파 씨의 딸을 기다리듯이 그해 여름 갈색 머리 여자의 집 문 앞에서 기다리는 장면을 마감하며 화자는 결론을 맺듯 자문자답한다. "혹시 누가 나에게 '그 모든 것을 다 무슨 목적으로?' 하고 물었다면 나는 그저 이렇게 대답했을 것이다. '파리의 신비들을 밝혀보려고.'"

'파리의 신비들Les mystères de Paris'은 '만남'과 함께 이 소설의 가장 중요한 주제 가운데 하나이지만, 동시에 외젠 쉬가 1842년부터 1843년까지 일간지 〈주르날 데 데바〉에 연재했다가 열 권의 책으로 발행한, 문학사상 가장 유명한 신문 연재소설의 제목이기도 하다. 마음씨 사나운 여자의 손에 자라나 매춘을 강요받는 불쌍한 여자아이 플뢰르 드 마리가 노동자로 변장한 독일 대공 로돌프라는 사심 없는 보호자를 만나 구원된다는 줄거리인데, 파리를 무대로 수많은 인물들이 등장하며 전개되는 이야기가 흥미진진하여 선풍적인 인기를 끌었다. 이십 년 후 이 장르의 통속소설을 새롭고 차원 높은 문학으로 승격시킨 소설이 바로 빅토르 위고의 『레 미제라블』이다. 모디아노의 소설이 외젠 쉬나 빅토르 위고를 연상시키는 것은 아니지만 그의 소설이 항상 풀릴 듯 풀리지 않는 추리소설적 '신비'와 관련되어 있고 서른 권에 달하는 그의 소설들이 그 각각의 독립성과는 별도로 다른 작품들과 부분적, 간접적으로 뒤섞이며 연결되어 있다는 점에서 일종의 연재소설적 일면을 내포한 것이 사실이다.

그러나 이 소설에서 가장 중요한 것은 무엇보다 인물들의 우연하고 덧없는 만남들이 자아내는 파리라는 공간의 신비가 삶 그 자체의 신비와 맞물려 있다는 점이다. 스쿨버스가 도착하는 남쪽의 오를레앙 시문, 어머니가 공연하는 북쪽의 피갈 지구, 화자와 갈색 머리 여자가 살인 사건 후 불안하게 숨어 지내는 그 북쪽 몽마르트르 비탈, 파리 서쪽 동네 수많은 곳곳과 길들—불로뉴숲, 스티오파 씨의 딸이 사는 스폰티니가, 그 길에서 이어지는 로댕대로 2번지, 자크 드 바비에르의 원룸아파트가 위치한 폴두메르대로, 위베르센 부인의 집, 화자가 그녀와 조우한 구비옹생시르대로의 카페, 그리고 끝으로 낯선 파리 동북쪽, 무용수들을 초대하여 파티를 벌이던, 라빌레트 호수와 우르크 운하가에 있는 누군가의 집, 이십 년 후 화자가 갈색 머리 여자를 기다리는 19구 세뤼리에대로 76번지…… 이렇게 파리는 외곽 순환도로 안쪽의 각 방위가 한정되어 하나의 통일된 공간이 되고, 그 안쪽에 센강변의 비어 있는 어머니의 집, 준비에브 달람 및 마들렌 페로와 관련된 5구와 13구, 생미셸대로변의 여러 카페가 여러 만남의 공간적 정령에 의해 살아 움직인다.

화자는 이런 만남들, 즉 삶을 이루는 관계의 네트워크가 활성화하는 공간의 역동성을 여러 차례 반복적으로 지하철 전광 노선도에 빗대어 만남들로 점철된 파리의 감성적 지도를 그려 보인다.

"나는 또다시 지하철 매표구 근처의 그 전광 노선도를 생각했다. 노선도에는 각 역에 해당하는 버튼이 배열되어 있었다. 그래서 갈아타야 할 노선의 환승역을 알아보려면 목적지 버튼을 누르면 됐다. 그러면 거쳐 가야 할 코스들이 노선도상에 다양한 색깔의 불 켜진 선들로 나타났다. 내가 생각하기에 미래에는, 우리가 전에 잠시 스치듯 만났던 어떤 사람의 이름을 화면에 입력하기만 하면 그 인물을 다시 만날 수 있는 파리 시내의 장소를 붉은색 점이 꼭 집어 가리켜주리라는 확신이 들었다."

*

결론을 대신해, 만남에 대한 화자의 양면적 태도를 상징적으로 드러내는 두 가지 에피소드를 언급하며 이 글을 끝맺고자 한다. 앞서 지적했듯이 소설의 추억들은 대부분 화자가 열일곱 살 무렵이던 때부터 작가로 데뷔하기 전까지의 미성년 기간과 관련되어 있다. 그런데 소설에는 예외적으로 1965년 로댕대로 아파트에서의 살인 사건 이후 몇 년이 경과한 1970년에 준비에브 달람, 1967년 8월에 위베르센 부인과 우연히 재회하는 장면이 각각 열번째 장과 열두번째 장에 할애되어 있다. 크게 변하지 않은 준비에브 달람과 다르게 그사이 달라진 위베르센 부인의 모습과 분위기, 그리고 특히 화자와의 관계는 매우 대조적이다. 화자가 준비에브 달람을 다시 조우한 곳은 그들이 처음 만났던 파리의 중심지 5구의 조프루아생틸레르가인 반면, 주거지가 정확히 적시되지 않고 다만 "파리 서쪽 동네의 가장 번화한 대로 중 한 곳의 아파트"라고만 알려진 위베르센 부인과 마주친 곳은 파리 서북부 외곽 구비옹생시르대로변의 어느 카페다. 전과 달리 자신의 아들 피에르와 함께 길을 걸어가는 준비에브는 미성년 시절의 화자가 동경하던 친근하고 다정하고 따뜻한 보호자 "어머니"의 분위기를 드러내는 데 비해 여전히 이혼한 독신녀인 위베르센 부인은 8월 한여름에 추위를 타는 듯 "모피 외투"를 입고 있어 화자를 놀라게 한다. 준비에브는 길에서 조우하는 순간 "마치 바로 전날 만났다 헤어진 사람을 대하듯 내게 미소를" 짓고, 화자는 "우리는 우리가 처음 만난 거리에서 육 년 만에 다시 만난 것이었는데 나는 시간의 흐름을 느낄 수가 없었다"고 회상한다. 반면에 그보다 짧은 삼 년 만에 마주친 위베르센 부인은 만남의 순간 "너무도 깊은 잠에서 너무 급작스레" 깨어난 것처럼 화자 쪽으로 눈길을 들었지만, 그를 "알아보는 것 같지 않았다."

더욱 뚜렷한 양자의 대조는 그 만남에 대한 화자의 태도다. 두 사람 다 헤어져야 할 때 자신을 바래다달라고 요구한다. 화자는 기꺼이 준비에브와 아들을 따라 그들 모두에게 익숙한 길을 지나 그녀의 집까지 동행할 뿐만 아니라 저녁 여섯시에 처음 만났던 오컬트 서점에서 다시 만나자고 약속한다. 반면, 화자는 위베르센 부인을 마주쳤던 카페에서 밖으로 나오자 위험을 감지한 듯 "누군가 내 방에서 나를 기다리고 있다고 말하고 그만 자리를 뜨고" 싶어한다. 그러나 자신을 데려다달라는 청에 못 이겨 결국 그녀와 함께 택시를 타지만 그녀는 이상하게도 자신의 집이 아닌 "베르사유의 라렌대로"로 가자고 요구한다. 신호등 빨간불에 택시가 멈춰 설 때면 "택시 문을 열고 짤막한 인사말을 남기고 자리를 떠버리고 싶은 유혹"을 느끼면서도 화자는 끝내 상대를 뿌리치지 못한다. 두 사람을 실은 택시가 불로뉴숲 가장자리에 이르렀을 때 눈을 감고 있던 위베르센 부인이 오퇴유 시문에 이르러서는 잠이 들어버린다. "우리는 센강을 건너 터널로 들어갔다가 마침내 서부 고속도로로 접어들 참이었다."

반면, 준비에브 달람을 집까지 바래다주고 헤어지는 화자는 흔들리지 않는 "현재"를 믿는다. "세월이 흐르고 사람들과 사물들이 연이어 사라져버린다 해도 하나의 고정점이 남아 있는 것이었다. 준비에브 달람. 피에르. 카트르파주가 5번지." 그런데 어느새 센강을 건너 남쪽으로 달리는 택시는 이 두 사람을 싣고 어디로 가는 것일까? 위베르센 부인은 왜 그 밤중에 자신의 집이 아닌 "베르사유의 라렌대로"를 행선지로 정한 것일까? 그 답은 이 소설의 수수께끼 같은 대미를 장식하는 마지막 스물한번째 장 "잠자는 숲속의 미녀 성"과 무관하지 않을 것 같다. 대표적인 왕성인 베르사유궁전, 왕비를 의미하는 "라렌대로" "불로뉴숲" 가장자리에 이르렀을 때 "눈을 감고" 있다가 잠이 든 부인, 미지의 세계를 향해 달리는 밤…… 이 모든 이미지들은 소설을 마감하는 마지막 문단의 불확실성과 신비를 가리켜 보이기에 충분하다. "그러나 그것이 정말 맞는 길이었을까? 우리의 기억 속에서는 우리가 갔던 길들, 도대체 어느 지방을 통과하는 길인지 더는 알 수 없게 된 그 길들의 이미지들이 뒤섞이고 있는 것이다." 결국 화자, 그리고 독자의 역할은 오랜 시간이 지난 뒤 그 '잠자는 숲속의 미녀'를 깨우는 일, 즉 실제 경험과 상상을 결합하여 과거를 극복함으로써 '추억을 완성하는' 일이 아닐까?

김화영

파트릭 모디아노 연보

1945년 7월 30일 불로뉴비양쿠르에서 이탈리아계 유대인 혈통의 사업가 아버지 알베르 모디아노와 벨기에 영화배우인 어머니 루이자 콜페인(본명은 루이자 콜핀) 사이에서 태어남. 부모는 점령기 파리에서 만나 신분을 감춘 상태에서 함께 살았다. 무역업에 종사했다는 것 외에는 정확하게 알려진 것이 없는 아버지는 불확실한 신분 상태로 대부분 부재 상태였고 어머니 역시 순회공연으로 집을 비우는 일이 많아서 모디아노는 어린 시절의 상당 기간을 여러 기숙학교에서 보냈다.

1947년 남동생 뤼디 태어남.

1956년 파리 공립학교에서 파리 근교 주이앙조자스의 몽셀 기숙학교로 전학.

1957년 남동생 뤼디가 혈액 관련 병으로 세상을 떠남. 뤼디를 무척 아꼈던 그는 1967년에서 1982년 사이에 발표한 초기 작품들을 뤼디에게 헌정한다. 동생의 죽음은 그의 어린 시절의 종말을 의미했으며 그는 이 시절에 대해 간절한 향수를 지니게 된다.

1960년 오트사부아 산악지대의 생조제프 중고등학교에 입학. 열다

섯 살에 어머니의 친구이며 『지하철 안의 자지*Zazie dans le métro*』의 작가로 유명한 소설가 레몽 크노를 기하학 개인교사로 모시게 되면서 크노를 통해 문학의 세계에 눈뜨게 된다. 크노와의 만남은 결정적이었다. 크노를 통해서 그는 갈리마르출판사의 칵테일파티에도 참석하여 문단의 저명인사들을 만난다.

1962년 6월 안시에서 한 해 먼저 대학입학자격시험을 치른다. 9월 파리로 돌아와 앙리 4세 고등학교 입학. 불과 몇백 미터 거리에 사는 부모와 떨어져 또다시 기숙사 생활을 시작하지만, 몇 달 후 기숙사를 나와 더이상 공부를 계속하지 않고 문학에 열정을 바치기로 결심.

1967년 첫 소설 『에투알광장*La place de l'Étoile*』을 완성하여 레몽 크노에게 원고 검토를 부탁함.

1968년 크노의 주선으로 『에투알광장』이 갈리마르출판사에서 출간되어 로제 니미에 상과 페네옹상을 수상함. 이후 오로지 작가로서 글쓰기에만 전념함.

1969년 『야간순찰*La ronde de nuit*』 출간.

1970년 9월 12일, 도미니크 제르퓌스와 결혼. "우리 결혼식 날에 대한 참담한 기억이 남아 있다. 그날 비가 왔다. 정말 악몽이었다. 우리 결혼식의 증인은 청소년 시절부터 파트릭의 후원자였던 레몽 크노와 우리 아버지의 친구인 앙드레 말로가 서주었다. 그들은 뒤뷔페에 대해 논쟁을 하기 시작해 우리는 거기서 마치 테니스 경기를 구경하는 관람객 꼴이 되었다. 그 장면을 찍은 사진이라도 있었으면 재미있었을 텐데 사진기를 가지고 온 단 한 사람은 그만 그 안에 필름 넣는 것을 잊어버렸다. 그래서 우리에게 남은 것은 우산을 쓴 채 등을 돌리고 있는 단 한 장의 사진뿐이다." (도미니크 제르퀴스, 2003년 10월 6일 〈엘르〉와의 인터뷰)

1972년 『외곽 순환도로*Les boulevards de ceinture*』를 발표하여 아카데미 프랑세즈 소설 대상을 수상함.

1973년 영화 〈라콩브 뤼시앵*Lacombe Lucien*〉의 시나리오를 씀.

1974년 〈라콩브 뤼시앵〉이 루이 말의 연출로 완성되어 상영됨. 2차 대전을 배경으로 항독운동에 가담하려고 시도했다가 도리어 친독 의용대 활동을 하게 된 청년의 이야기로, 등장인물의 행동에 정당성이 없다는 이유로 논쟁을 불러일으킴. 맏딸 지나 태어남. 아버지의 재능을 물려받은 딸은 훗날 영화 연출 및 시나리오와 동화 등을 집필.

1975년 『슬픈 빌라*Villa triste*』 출간. 이듬해 리브레리상 수상.

1977년 『추억을 완성하기 위하여*Livret de famille*』 출간.

1978년 『어두운 상점들의 거리*Rue des boutiques obscures*』로 공쿠르상 수상. 둘째 딸 마리 태어남.

1981년 『청춘 시절*Une jeunesse*』 『메모리 레인*Memory Lane*』(피에르 르탕 삽화) 출간.

1982년 『그토록 순수한 녀석들*De si braves garçons*』 출간.

1983년 『청춘 시절』이 모셰 미즈라히의 연출로 동명의 영화로 제작, 상영됨.

1984년 발표한 전 작품으로 모나코 피에르 대공 문학상 수상. 『잃어버린 거리*Quartier perdu*』 출간.

1986년 『팔월의 일요일들*Dimanches d'août*』 출간.

1988년 『발레 소녀 카트린*Catherine Certitude*』(장자크 상페 삽화), 『감형*Remise de peine*』 출간.

1989년 『어린 시절의 탈의실*Vestiaire de l'enfance*』 출간.

1990년 『신혼여행*Voyage de noces*』 출간.

1991년 『폐허의 꽃들*Fleurs de ruine*』 출간.

1992년 『서커스가 지나간다*Un cirque passe*』 출간.

1993년 『고약한 봄*Chien de printemps*』 출간.

1995년 『슬픈 빌라』를 개작하여 파트리스 르콩트가 연출한 영화 〈이본의 향기*Le parfum d'Yvonne*〉와 그가 시나리오를 쓰고 파스칼 오비에가 연출한 영화 〈가스코뉴의 아들*Le fils de Gascogne*〉이 상영됨.

1996년 『아득한 기억의 저편*Du plus loin de l'oubli*』 출간.
레지옹 도뇌르 '슈발리에' 훈장 수훈.

1997년 『도라 브루더*Dora Bruder*』 출간.

1999년 『신원 미상 여자*Des inconnues*』 출간.

2000년 발표한 전 작품으로 폴모랑 문학 대상 수상.

2001년 『작은 보석*La petite bijou*』 출간. 『팔월의 일요일들』을 각색해 마뉘엘 푸아리에가 연출한 영화 〈테 키에로*Te quiero*〉 개봉.

2003년 『한밤의 사고*Accident nocturne*』 출간. 모디아노가 시나리

오를 쓰고 장폴 라프노가 연출한 영화 〈여행 잘하세요*Bon voyage*〉 개봉.

2005년 『혈통*Un pedigree*』 출간.

2006년 『그토록 순수한 녀석들』을 각색해 미카엘 에르스가 연출한 영화 〈샤렐*Charell*〉 개봉.

2007년 『잃어버린 젊음의 카페에서*Dans le café de la jeunesse perdue*』 출간.

2010년 『지평*L'horizon*』 출간.

2012년 『밤의 풀*L'herbe des nuits*』 출간.

2014년 『네가 길을 잃어버리지 않게*Pour que tu ne te perdes pas dans le quartier*』 출간. 노벨문학상 수상. 레지옹 도뇌르 '오피시에' 훈장 수훈.

2017년 『잠자는 추억들*Souvenirs dormants*』 출간.

2019년 『은현잉크*Encre sympathique*』 출간.

2021년 『슈브뢰즈*Chevreuse*』 출간.

지은이 **파트릭 모디아노**

1945년 불로뉴비양쿠르에서 태어났다. 열여덟 살 때부터 글쓰기를 시작해 1968년 소설 『에투알광장』으로 로제 니미에 상, 페네옹상을 받으며 화려하게 데뷔했다. 『외곽 순환도로』로 1972년 아카데미 프랑세즈 소설 대상을, 『슬픈 빌라』로 1976년 리브레리상을, 1978년에는 『어두운 상점들의 거리』로 프랑스의 가장 권위 있는 문학상인 공쿠르상을 수상했다. 발표한 전 작품을 대상으로 2000년 폴모랑 문학 대상, 2014년 노벨문학상을 받았다. 주요 작품으로 『추억을 완성하기 위하여』 『청춘 시절』 『잃어버린 거리』 『팔월의 일요일들』 『신혼여행』 『도라 브루더』 『신원 미상 여자』 『작은 보석』 『한밤의 사고』 『혈통』 『잃어버린 젊음의 카페에서』 『지평』 『네가 길을 잃어버리지 않게』 등이 있다.

옮긴이 **김화영**

서울대 불문학과를 졸업하고 동 대학원에서 석사, 프랑스 엑상프로방스 대학에서 알베르 카뮈론으로 문학박사 학위를 받았다. 삼십여 년간 고려대 불문학과 교수를 지냈고 현재 같은 대학 명예교수로 있다. 지은 책으로는 『바람을 담는 집』 『시간의 파도로 지은 城』 『문학 상상력의 연구』 『소설의 숲에서 길을 묻다』 『발자크와 플로베르』 『행복의 충격』 『한국 문학의 사생활』 『여름의 묘약』 『김화영의 번역수첩』 등이 있고, 알베르 카뮈 전집(전20권), 『다다를 수 없는 나라』 『어린 왕자』 『섬』 『마담 보바리』 『방드르디, 태평양의 끝』, 실비 제르맹의 『프라하 거리에서 울고 다니는 여자』 『밤의 책』, 그리고 모디아노의 『잃어버린 거리』 『신혼여행』 『어두운 상점들의 거리』 『추억을 완성하기 위하여』 『청춘 시절』 『팔월의 일요일들』 등을 우리말로 옮겼다.

문학동네 세계문학
잠자는 추억들

초판 인쇄 2022년 3월 10일 | 초판 발행 2022년 3월 25일

지은이 파트릭 모디아노 | 옮긴이 김화영
책임편집 김미혜 | 편집 김혜정
디자인 김마리 최미영 | 저작권 박지영 형소진 이영은 김하림
마케팅 정민호 이숙재 박보람 한민아 김혜연 이가을 안남영 김수현 정경주 이소정
브랜딩 함유지 함근아 김희숙 정승민
제작 강신은 김동욱 임현식 | 제작처 천광인쇄사(인쇄) 신안문화사(제본)

펴낸곳 (주)문학동네 | 펴낸이 김소영
출판등록 1993년 10월 22일 제2003-000045호
주소 10881 경기도 파주시 회동길 210
전자우편 editor@munhak.com | 대표전화 031) 955-8888 | 팩스 031) 955-8855
문의전화 031) 955-8895(마케팅) 031) 955-8860(편집)
문학동네카페 http://cafe.naver.com/mhdn | 트위터 @munhakdongne
북클럽문학동네 http://bookclubmunhak.com

ISBN 978-89-546-8554-2 03860

잘못된 책은 구입하신 서점에서 교환해드립니다.
기타 교환 문의 031) 955-2661, 3580

www.munhak.com

우리가 서로를 기억하지 않는다면
사는 것이 무슨 소용일까.

2014 노벨문학상 수상 작가
파트릭 모디아노의 대표 걸작

어두운 상점들의 거리 김화영 옮김

"나는 아무것도 아니다."

1978년 공쿠르상을 수상한 파트릭 모디아노의 대표작. 기억상실증에 걸린 한 퇴역 탐정이 자신의 과거를 추적하는 여정을 그린 소설이다. 소멸한 과거와 잃어버린 삶의 흔적, 악몽 속에서 잊어버린 대전(大戰)의 경험을 주제로, 프루스트가 말한 존재의 근원으로서의 '잃어버린 시간'을 특유의 신비하고 몽상적인 언어로 탐색해냈다.

잃어버린 거리 김화영 옮김

"나의 인생은 그 도시의 거리에 새겨질 수밖에 없었다."

영국 추리소설 작가 앰브로즈 가이즈는 7월의 어느 일요일 이십 년 만에 파리를 찾는다. 폭격을 피해 모두가 떠나버린 듯한 텅 빈 도시에서, 그는 다시 이십 년 전 장 데케르라는 이름의 스무 살 프랑스 청년이 되어 자신의 과거를 추적한다. 폐허가 된 과거에 자신을 홀로 남겨두고 도망치듯 떠나야 했던 한 사람의 잃어버린 거리, 잃어버린 시간.

신혼여행 김화영 옮김

"어느 날 그 공허와 회한의 감정이 그대를 휩싼다."

독일 점령기 통행금지를 피해 자취를 감췄다 수십 년 후 중년의 나이에 돌연 생을 마감해버린 한 여성과, 십팔 년 후 그의 과거를 끈질기게 추적하는 장 B.…… 중첩되는 계절 속에 각인된 기억들과 문득 찾아드는 공허와 회한의 감정에 대해 이야기한다. 모디아노의 창작 활동이 가장 활발했던 90년대 초반 발표된, 그의 작품세계를 완성하는 대표작.